기억
서점

살인자를 기다리는 공간,

기억 서점

정명섭 장편소설

SIGONGSA

1

기억의
시작

그는 스스로를 사냥꾼이라고 불렀다. 사냥하기 위해서는 철저하게 자신을 객관화해야 성공할 가능성이 높았기 때문이다. 지난번 두 번의 사냥에서 실패한 것도 그 때문이라고 생각한 그는 차의 앞 유리창에 비친 가로등을 물끄러미 바라봤다. 아까부터 계속 내리는 빗줄기를 이겨내기에는 터무니없이 약한 빛이라서 안심이 되었다. 인기척을 느낀 그는 백미러를 살폈다. 야트막한 오르막길로 손전등 불빛이 보였다. 잠시 후, 두런거리는 말소리와 함께 세 명의 여인이 지나갔다. 양쪽의 두 여인은 '여성 안심 귀가 서비스'라 쓰인 푸른색 조끼를 입었고, 그중 한 명이 손전등을 들고 있었다. 가운데에는 흰색 블라우스에 모자를 쓴 여성, 목표물이 지나가는 중이었다. 손전등 불빛이 어느 정도 멀어지자 그는 문을 열고 차에서 내렸다. 손에 장갑을 끼고 모자를 눌러쓴 그는 천천히 걸어갔다. 오르막길 한쪽은 낭떠러지고 다른 한쪽은 축대가 높이 쌓인 곳인데 인적 드문 공원 뒤쪽의 지름길이라 CCTV가 없고, 블랙박스가 있는 자동차도 없었다. 그래도 혹시 몰라서 모자를 고쳐 썼다. 야트막한 언덕을 넘어가자 공원 후문과 빌라들이 보였다. 지하철역에서 내려서 큰길에서부터 오려면 시간이 꽤 걸렸다. 공원을 가로지르면 거리를 줄일 수 있겠지만 불량 청소년들의 아지트 같은 곳이라 밤중에 여성 혼자 갈 수는 없는 곳이다. 결국 버스 정류장에서 내려서 오르막길을 넘는 쪽을 가장 선호했다. 하지만 가로등이 별로 없는 좁고 어두컴컴한 곳이라 여성 안심 귀가 서비스를 이용하는 경우가 많았다. 그리고 그게 바로 사냥꾼의 목표가 되었다. 여성 안심 귀가 서비스를 이용한다는 건 마중 나올 사람이 없이 혼자 산다는 걸 의미하기 때문이다. 오르막길을 넘어간 그는 멀리 보이는 손전등 불빛을 확인하고 옆 골목으로 들어섰다. 예전 같으면 사냥감을 잡기 위해 골목길을 몇 번이고 답사해야 했지만 지금은 포털사이트의 거리 뷰를 통해 얼마든지 확인해볼 수 있다. 비슷비슷하게 생긴 다세대 빌라들을 지나 골목을 가로질러갔다. 음식물 쓰레기봉투 근처를 서성거리던 길고양이가 그의 발소리를 듣고 어둠 속으로 후다닥 숨었다. 모퉁이에 서서 기다리자 잠시 후 손전등 불빛과 함께 세 여성의 실루엣이 보였다. 마침내 목표물을 눈으로 확인한 그는 고개를 기울인 채 나지막하게 중얼거렸다.

"사냥꾼, 이제 사냥할 시간이야."

"자, 눈감아주시고요."

　메이크업 아티스트의 말에 유명우 교수는 시키는 대로 눈을 감았다. 곧 눈썹 위로 연필 같은 것이 쓱쓱 지나갔다. 그다음에는 집게로 집어서 올린 이마에 파우더 같은 것이 발라졌다. 턱수염을 다듬는 일 외에는 로션조차 바르는 걸 싫어하는 유명우 교수에게 남의 손이 얼굴에 닿는 건 그다지 반갑지 않은 일이었지만 방송 출연을 위해서는 어쩔 수 없었다. 딴 생각을 하는 사이, 끝났다는 말이 들렸다. 눈을 뜨자 두툼하게 화장이 된 얼굴이 거울에 비쳤다. 비교적 길고 갸름한 얼굴에 피부는 깨끗한 편이었고, 두툼한 눈썹과 살짝 튀어나온 광대뼈는 살짝 인상을 강해 보이게 했다. 위로 살짝 휘어진 입술 끝에는 흉터가 있었는데 메이크업 아티스트가 감쪽같이 가려버렸다. 눈썹은 진하게 그려져 있었고, 도드라진 광대뼈는 그림자가 지지 않도록 화장 아래 감춰졌다. 크게 한숨을 쉰 유명우 교수는 머리를 빗어주는 메이크업 아티스트에게 눈웃음을 건넸다.

"추남을 미남으로 바꿔주셨네요."

"무슨 말씀을요. 원래 미남이셨어요."

　활짝 웃는 메이크업 아티스트의 대답에 유명우 교수는 웃음으로 대답을 대신했다. 지켜보던 그녀의 동료가 끼어들었다.

"교수님, 진짜 젊어 보이세요. 50대 중반이신데 30대로 보이네요."

"마음은 젊습니다."

그렇게 웃고 떠드는 사이, 파마머리를 한 FD가 분장실 문을 살짝 열고 머리를 들이밀었다.

"방송 30분 전입니다. 분장 끝나셨으면 이동하겠습니다."

그 얘기를 듣자 메이크업 아티스트들의 손길이 빨라졌다. 머리에 헤어스프레이를 뿌리는 것을 마지막으로 유명우 교수는 푸른색 넥타이를 매만지고는 휠체어를 뒤로 밀었다. 분장실이 크지 않은 데다가 뒤쪽에 소파까지 있어서 공간이 좁았지만 유명우 교수는 능숙하게 휠체어를 움직여 방향을 돌렸다. 소파에 앉아 있던 여성 출연자가 놀란 눈으로 바라봤다. 유명우 교수가 씩 웃었다.

"제가 이래 봬도 베스트 드라이버입니다."

FD가 잡아준 문을 빠져나온 유명우 교수는 복도를 따라 휠체어를 밀었다. 특별히 가볍게 주문 제작한 휠체어라 뒤따라오는 FD가 발걸음을 빨리할 정도로 속도를 높일 수 있었다. 녹화를 진행할 프로그램 〈책책책, TV와 함께하다〉의 이름이 붙어 있는 17번 스튜디오에 들어섰다. 은행 금고 같은 두툼한 문이 열리자 긴 터널 같은 통로가 보였다. 통로 위쪽의 형광등이 나갔는지 어두컴컴했다. 그걸 본 유명우 교수는 옛날 생각이 나서 흠칫 놀랐다. 그 바람에 뒤따라오던 FD가 휠체어 바퀴를 걸어차고 말았다. 놀란 FD가 사과하는 소리를 들으며 정신을 차린 유명우 교수는 얼굴을 찡그린 FD에게 사과하고는 어둠에 휩싸인 통로로 들어섰다. 이를 악문 채.

스튜디오는 어둡고도 환했다. TV 화면에 나오는 세트장은 조명을 잔뜩 켜놔서 어둠 한 점 안 보였다. 반면, 카메라가 있는 공간은 어두컴컴했다. 수많은 스텝들이 말없이 자기 일을 하고 있었는데 오늘은 생방송이라서 그런지 더더욱 긴장감이 흘러넘쳤다. 하지만 별로 긴장하지 않은 유명우 교수는 휠체어를 밀어서 구석에 임시로 만들어진 경사로를 타고 세트장으로 올라갔다. 중간중간 전선을 테이프로 고정시키거나 비닐로 덮어서 바퀴가 끌리거나 밀리지 않도록 해놓은 상태였다. 반원형으로 된 테이블에는 참석한 패널들 이름이 붙어 있는 의자들이 늘어서 있었지만 유명우 교수는 헤매지 않고 바로 자리를 찾았다. 휠체어가 들어가야 했기 때문에 아예 의자를 빼놓았던 것이다. 그가 자기 자리를 찾아가자 먼저 와서 기다리고 있던 뉴스 앵커 출신의 남녀 진행자들이 인사를 했다. 가볍게 눈인사를 나눈 유명우 교수는 마이크를 들고 온 FD에게 말했다.

"방석 좀 가져다줄 수 있어요? 휠체어가 좀 낮아서요."

마이크를 테이블에 올려놓은 FD가 카메라 쪽으로 가는 걸 본 유명우 교수는 마이크를 셔츠의 옷깃에 꽂고 줄을 가지런히 당겨서 바지 뒷주머니에 꽂았다. 그 사이, FD가 방석을 들고 나타났다. 그걸 깔고 앉자 다른 출연자들과 눈높이가 맞았다. 방석을 건네준 FD는 카메라들 사이에 있는 큰 모니터 쪽으로 가서 헤드셋을 통해 조정실에 있는 PD의 지시를 듣는 중이었다. 그의 손짓에 따라 패널들 위치가 조금씩 좌우로 바뀌었다. 그 사이에 유명우 교수는 테이블에 놓인 대본을 바라봤다. 카메라들 사이에 있는 모니터 아래 프롬프터가 있긴 하지만 유명우 교수는 종이를 보면서 외우는 걸 선호했다. 진행자인 남녀 앵커들도 서로 얘기를 주고받으면서 대본을 들여다봤다. 나머지 패널들은 엄청 긴장한 티를 내거나 아니면 아무 생각 없이 주변을 바라보는 중이었다. 그 사이, 다른 스텝이 와서 마이크를 테스트하고 손가락으로 오케이 사인을 냈다. 카메라 세팅까지 끝나자 FD가 긴장한 표정으로 한 손을 들었다.

"시작하겠습니다."

그러자 자세를 고쳐 잡은 남녀 앵커가 바로 앞에 있는 카메라를 응시했다. FD가 외쳤다.

"큐!"

거의 동시에 남녀 앵커가 고개를 숙이고 순서대로 인사했다. 그러고는 여성 앵커가 고개를 돌려 유명우 교수를 바라봤다.

"그럼 출연진을 소개해드리겠습니다. 우선, 시민대학교 교수이자 문학박사, 그리고 고서적 수집가로 명성을 떨치고 계신 유명우 교수님 나오셨습니다. 최근 TV와 유튜브를 통해 재미난 책 얘기를 해주시고 계시죠."

소개를 받은 유명우 교수는 고개를 숙여 인사했다.

"안녕하십니까, 시청자 여러분. 유명우 교수입니다."

남녀 앵커들이 다른 패널들을 소개하는 동안, 유명우 교수는 마음속으로 오늘 할 얘기를 정리했다. 작가가 미리 써놓은 대본이 테이블에 놓여 있었지만 쳐다보지 않았다. 평상시에도 보기만 할 뿐 따로 외우거나 머리에 담아두지 않았다. 메인 작가와 PD는 카메라 앞에서 이렇게 태연한 패널은 본 적이 없다고 혀를 내둘렀다. 하지만 오늘은 살짝 머리가 복잡했다. 긴장한 건 아니었다. 오랫동안 준비한 것이 예측한 대로 흘러갈지가 궁금했다. 잊으려고 노력했던 누군가의 얼굴과 이름이 떠올랐다.

'유리야.'

목표물은 사냥꾼의 예상대로 움직였다. 여성 안심 귀가 서비스 조끼를 입은 두 여성들을 골목길 중간에서 돌려보냈다. 아마 집 앞이니까 안심했을 것이다. 미안하기도 했을 것이고, 굳이 집을 가르쳐주기 싫다는 점도 한몫했을 것이다. 어쨌든, 그녀들이 집 앞까지 함께 간다면 같이 처리할 방법을 구상해놓긴 했었다. 하지만 온전히 목표물만 사냥할 수 있는 상황이 오자, 사냥꾼은 기쁨을 감추지 못했다. 남은 건 사냥의 시간뿐이었다. 골목길 안쪽에는 CCTV가 없었고, 주차장도 반지하에 있어서 차에 블랙박스가 있다 해도 그의 얼굴을 담아내진 못할 것이다. 혹시 몰라 마스크까지 쓴 그는 자신만만하게 목표물을 향해 걸어갔다. 빌라 앞에 도착한 여성은 자신이 사는 현관 쪽으로 걸어갔다. 먼발치서 그 모습을 본 사냥꾼은 주머니에서 휴대폰을 꺼내 버튼을 눌렀다. 비밀번호를 누르려고 하던 여성은 핸드백을 뒤적거렸다. 잠시 후, "누구세요"라는 목소리가 들리자 그는 목소리를 가다듬었다.

"이예지 씨 휴대폰인가요?"

"네, 누구세요?"

"경찰입니다. 혹시 지금 집 안에 계신가요?"

"아뇨. 이제 막 들어가려던 참이었어요."

"문 열지 말고 그대로 계세요."

"왜요?"

"이예지 씨 집 안으로 누군가 침입했다는 신고가 들어왔습니다."

상대방의 숨이 멈추는 소리가 들렸다.

"진짜요?"

"네, 태성빌라 127호 맞으시죠?"

"맞아요. 누가 침입했다는 거예요?"

"저희도 신고가 좀 전에 접수된 상태라서요. 사이렌 소리가 나면 범인이 눈치챌까 봐 도보로 이동 중입니다."

"어, 어디쯤이세요?"

"골목입니다. 잠깐만 기다리세요."

상대방이 눈치챌지 몰라서 말을 마치자마자 바로 휴대폰을 끊었다. 그리고 태성빌라 쪽으로 다가갔다. 다행히 목표물은 안으로 들어가지 않고 현관 앞에서 기다리는 중이었다. 집 안에 침입자가 있다는 소리를 듣고 들어가지는 못할 것이라는 예측은 정확히 맞아떨어졌다. 발소리를 들은 여자가 고개를 돌렸다. 아마 그녀의 눈에는 제복을 입은 경찰이 다가오는 것으로 보였을 것이다. 인터넷에서 구하면 단서가 잡힐까 봐 일부러 동묘를 뒤져서 구한 경찰복과 장비들이었다. 하얀색 야구모자를 푹 눌러쓴 사냥감은 그가 다가오자 안심하는 표정을 지었다.

"이예지 씨입니까?"

사냥꾼의 물음에 여자는 고개를 끄덕거렸다. 사냥꾼은 입구에 있는 CCTV에 비치지 않는 쪽으로 걸어갔다. 그러자 여자가 따라서 걸어왔다.

"금방 오셨네요?"

"순찰 중에 연락을 받고 바로 온 겁니다."

"고맙습니다. 그런데 혼자 오셨나요?"

"동료가 골목 입구에 세워둔 경찰차에서 대기 중입니다. 일단 저랑 같이 가시죠."

사냥꾼은 왼쪽 손을 쭉 뻗어서 골목 쪽을 가리켰다. 그리고 여자가 손을 바라보는 사이, 오른손으로 뒷주머니에 넣어둔 전기 충격기를 꺼냈다.

"네."

짧게 대답한 여자가 발걸음을 떼었다. 그러면서 무심코 사냥꾼의 눈을 바라봤다. 모자와 어둠 속에 감춰져 있던 사냥꾼의 칼날 같은 눈빛을 느꼈을 것이다. 본능적으로 위험을 느낀 그녀가 한 발짝 뒤로 물러났다. 하지만 준비를 마친 사냥꾼은 전기 충격기라는 이빨을 드러냈다. 지직거리는 소리와 함께 여자는 비명도 지르지 못하고 쓰러졌다.

패널들이 신나게 떠드는 가운데 유명우 교수는 카메라가 간간이 자신을 비출 때마다 옅은 미소를 지었다. 마침내 순서가 돌아오자 남자 앵커가 유명우 교수를 돌아봤다.

"교수님, 오늘은 어떤 오래된 책을 소개해주실 건가요?"

다시 미소를 지은 유명우 교수는 모니터 화면을 바라봤다. FD가 미리 모니터 화면을 그가 건네줬던 자료 화면으로 바꾼 상태였다.

"지금 보이는 책입니다."

"한눈에 봐도 오래돼 보이는데 어떤 책일까요?"

화면이 다시 아주 낡은 책으로 넘어갔다. 누런 표지 한쪽으로 한문이 세로로 쓰여 있었다.

"제가 가지고 있는 책들 중에 가장 귀중한 책입니다."

유명우 교수의 소개에 여자 앵커가 물었다.

"고서 수집이라면 국내 최고의 전문가로 알려진 교수님이시잖아요. 그런 교수님께서 가장 귀중한 거라고 하니까 무척 궁금해지네요. 어떤 책인가요?"

"한문이 지워져서 잘 안 보이실 겁니다. 여기 '언간독'이라고 쓰여 있습니다. 그 아래에는 '신유년 등서'라고 적혀 있습니다."

"저는 '언간록'으로 봤는데 '언간독'이었군요. '신유년'은 언제인가요?"

"1921년입니다. 등서라는 건 원본에서 베껴서 옮겨 적은 걸 뜻합니다."

"그럼 필사를 했다는 거군요."

"맞습니다."

짧게 대답한 그는 가지고 온《언간독》을 카메라에 비췄다. 모니터 화면에《언간독》이 크게 들어왔다.

"《언간독》은 조선 후기 한글로 편지 쓰는 방식을 적어놓은 책입니다. 조선 후기에는 보통 사대부가의 여인들이나 일반 백성들이 한글을 썼기 때문에 그들을 대상으로 한 책이라고 볼 수 있겠죠. 확인된 건 19세기 후반이지만 그 이전부터 여러 버전이 만들어지고 판매된 것으로 보입니다."

유명우 교수가 설명을 끝내자 남자 앵커가 물었다.

"지금으로 치면 글쓰기 교본이라고 볼 수 있겠네요. 이 고서적의 가격은 얼마인가요?"

"시대나 판본에 따라 다르겠지만 아무리 비싸도 백만 원이 넘지 않을 겁니다."

가격을 들은 앵커들은 물론 다른 패널들 역시 웃음을 참지 못했다. 그러자《언간독》의 제일 앞장을 펼친 유명우 교수가 여성 앵커에게 물었다.

"여기 한문으로 적혀 있는 게 보이시죠? 이게 뭔지 아십니까?"

물론 대본에는 정답이 나와 있지만 여성 앵커는 모르겠다는 표정을 지었다.

"뭔가요?"

"바로 구구단입니다. 여기 한문으로 二와 二가 순서대로 적혀 있고, 그 아래 四라고 적혀 있는 게 보이시나요?"

"와! 정말 그러네요. 한문으로 된 구구단이라니, 신기하네요."

"필사본은 원본에 없는 내용까지 적혀 있으니까 가격이 더 떨어집니다. 한 오십만 원 하려나요?"

그러자 듣고 있던 남성 앵커와 패널들이 이번에도 크게 웃었다. 고서적을 소개해달라고 했더니 싸구려 책을 들고 나온 거 아니냐는 비웃음이 섞여 있는 것이다. 하지만 유명우 교수는 침착하게 말을 이어나갔다.

"제가 이 책을 구입한 것은 이 책에 얽힌 사연 때문이었습니다. 이 책은 충북 옥천에서 평생을 지내다가 돌아가신 조간난이라는 할머니의 것입니다. 가난한 집에서 태어난 할머니는 학교에 가지 못하고 야학에서 공부해야만 했죠. 그런데 아버지가 딸이 낯선 남자들 사이에서 책을 읽는 걸 보고 화를 내면서 가지 못하게 했답니다."

"저런, 어렵게 공부를 하겠다고 했는데도 말리셨네요."

여성 앵커가 안타까운 표정으로 끼어들자 유명우 교수가 대답했다.

"그때는 그런 시대였으니까요. 그래서 조간난 할머니는 야학이 열리는 사랑채 밖에서 혼자서 공부를 했답니다. 안에서 들리는 선생님의 목소리에 귀를 기울이면서 말이죠."

패널들까지 합세하여 안타까운 탄성이 터져나왔다.

"이 《언간독》은 그런 조간난 할머니를 안타깝게 여긴 야학교 선생님의 선물일 겁니다. 그리고 조간난 할머니는 야학의 문 밖에 서서 안에서 들려오는 선생님의 목소리를 들으며 이 책을 한 페이지씩 넘겼을 겁니다."

잠깐 뜸을 들인 유명우 교수는 《언간독》의 페이지를 천천히 넘겼다.

"위쪽 모서리를 보시면 색깔이 좀 다르죠? 아마 엄지손가락에 침을 묻혀서 넘겼기 때문일 겁니다. 색깔이 변할 정도로 아주 많이 넘겼다는 걸 알 수 있습니다. 추운 겨울에는 입김을 호호 불면서 넘겼을 거고, 더운 여름에는 땀을 뻘뻘 흘리면서 한 장씩 넘겼을 겁니다. 여성에게는 배움이 금지되던 시대였으니까요."

이제 패널과 앵커 모두 입을 다문 채 그의 이야기에 열중했다. 《언간독》을 내려놓은 그가 화면을 응시했다. 잠깐 동안 입을 닫고 있던 유명우 교수는 감정을 억누르는 표정으로 입을 열었다.

"여성이라는 이유만으로 공부를 할 수 없던 시대가 어떤 모습이었을지 저는 상상조차 못 하겠습니다. 그런 시대를 살고 있다는 이유만으로 조간난 할머니는 그렇게 하고 싶었던 공부를 마음 놓고 하지 못했던 겁니다. 하지만 포기하지 않고 열심히 공부를 했습니다. 그런 이유에서 저는 이 책을 제가 가진 책 중에 가장 귀중한 책이라고 생각합니다. 어둡고 암울했던 시대와 그걸 이겨내기 위해 어떻게든 공부하고자 했던 인간의 집념이 담겨 있기 때문이죠."

"아! 안타까운 사연이네요."

여성 앵커의 추임새에 다른 패널들이 한두 마디씩 거들었다. 그들의 얘기가 모두 끝나기를 기다린 남성 앵커가 말했다.

"그러니까 교수님께서는 고서적이 가진 금전적인 가치보다는 그 책에 담긴 사연에 더 가치를 두시는군요."

"그게 제 마음을 더 움직이니까요. 다른 책을 한 권 더 소개하겠습니다."

"어떤 책일지 기대가 되네요."

남성 앵커의 멘트가 이어지는 사이, 유명우 교수는 FD를 바라봤다. FD가 손짓하자 카메라 한 대가 구석으로 향했다. 테이블 두 개를 이어붙인 그곳에는 유명우 교수가 가져온 책들이 펼쳐져 있었다. 화면을 통해 그 책들을 본 남녀 앵커와 패널들이 감탄하는 표정을 지었다. 여성 앵커가 유명우 교수를 바라보며 말했다.

"책 표지가 모자이크처럼 되어 있네요."

"맞습니다. 1925년 광문당에서 발간된 《홍 낭자전》이라는 한글 소설인데 총 열두 권입니다. 1권부터 4권, 5권부터 8권, 9권부터 12권까지 순서대로 놓으면 홍 낭자의 얼굴이 완성되는 형태죠."

"표지를 저런 식으로 구성할 생각을 하다니, 우리 조상님도 참 대단하시네요."

"어떻게 하면 다음 권을 팔까라는 생각으로 만든 것이죠. 아마 후속편이 재미없어도 그림을 완성하느라고 샀던 사람이 있었을 겁니다. 저 같은 사람이겠죠."

유명우 교수의 재치 있는 농담에 다들 웃음을 참지 못했다. 그 사이에 카메라는 테이블에 놓인 《홍 낭자전》과 웃고 있는 패널들을 번갈아가면서 비췄다. 웃음이 멈추기를 기다린 유명우 교수가 말을 이어갔다.

"1920년대는 3.1 만세 운동이 일본의 무력 진압으로 인해 막대한 사상자를 내고 막을 내렸다는 아픈 기억이 남아 있던 때입니다. 많은 사람들이 독립운동을 위해 만주나 상해로 떠나고, 남은 사람들은 숨을 죽인 채 살아가야만 했죠. 일본이 문화 통치라는 미명하에 약간 숨통을 트이게 해주는 대신 더욱 교묘한 방식으로 억압을 했기 때문입니다. 《홍 낭자전》은 그렇게 숨쉬기조차 어려웠던 시대에 사람들 삶을 위로해줬던 책이라고 할 수 있습니다."

"어떤 내용인데 위로를 받았던 걸까요?"

남성 앵커의 질문에 유명우 교수는 화면을 응시한 채 말했다.

"착하고 심지가 굳은 홍 낭자가 병자호란 때 헤어진 부모를 찾는 내용입니다. 의로운 하인 수돌과 정체불명의 검객 흑수의 도움으로 청나라로 잡혀간 부모를 찾는 모험담입니다. 그리고 정체불명의 검객 흑수는 사실 어릴 때 부모끼리 정혼을 했던 사이였습니다. 그러다가 인조반정으로 집안이 몰락하자 멀어졌던 것이죠. 흑수는 정체를 숨기고 자신의 정혼녀인 홍 낭자를 도와줬던 겁니다."

"흑수는 잘생겼습니까?"

붉은색 스냅 백을 쓴 채 심드렁하게 앉아 있던 젊은 남성 패널이 끼어들자 스튜디오는 웃음바다가 되었다. 웃음이 가라앉기를 기다렸던 유명우 교수가 고개를 끄덕거렸다.

"안 그래도 소설에 흑수의 외모에 대한 얘기가 나옵니다. 얼굴은 백옥 같고, 눈썹은 송충이처럼 짙어서 팔도에서 이만큼 잘생긴 남자를 찾기 어렵다고 설명하죠. 청나라에 간 홍 낭자가 붙잡혀서 처형당할 위기에 처할 때 흑수가 미남계를 쓰기도 합니다."

"미남계요?"

남성 앵커가 흥미롭다는 표정으로 끼어들자 유명우 교수

가 즉답했다.

"누르하치의 손녀인 애신 공주가 자신에게 빠져든 것을 이용해서 홍 낭자와 그녀의 부모를 구출하여 조선으로 탈출한 것이죠. 애신 공주가 보낸 무사 자카리와 마지막 결투를 벌일 때 중상을 입지만 홍 낭자가 준 비녀를 표창처럼 써서 위기를 넘긴 건 덤입니다."

"너무 소설 같네. 아! 소설이었지."

스냅 백을 쓴 남성 패널이 다시 끼어들었다가 머쓱한 표정을 지었다. 다시 웃음이 터진 스튜디오에서 유명우 교수가 설명을 이어갔다.

"여기서 수돌이와 흑수는 독립운동가로, 청나라로 잡혀간 부모는 빼앗긴 조국을 의미한다고 볼 수 있죠."

"그런 식으로 해석했군요."

"아마 일본의 검열을 피해서 최대한 꼬투리가 잡히지 않으려고 했던 것 같습니다. 하지만 일본이 그걸 눈치채고 파기 명령을 내리면서 상당수의 책들이 압수당하고 말았죠."

"저 책은 용케 살아남았네요."

"홍천에서 3.1 만세 운동에 참가했다가 옥고를 치른 분께서 가지고 계셨던 겁니다. 고문으로 몸이 상해서 누워 계실 때가 많았는데 그때 저 책을 읽으면서 무료함과 분노를 달랬다고 합니다. 아마《홍 낭자전》의 결말을 보면서 크게 기뻐하지 않으셨나 싶습니다."

"결말이 어땠는데요?"

여성 앵커의 질문에 유명우 교수는 살짝 미소를 지었다.

"부모를 찾은 홍 낭자가 금의환향하는 내용입니다. 그녀의 부모를 배신하고 청나라 앞잡이 노릇을 했던 청지기 오씨와 그 아들은 홍 낭자의 사연을 들은 임금의 명으로 처형당하고 말이죠."

"통쾌한 결말이네요."

"아마 일본이 쫓겨나고 만주로 망명했던 독립운동가들이 귀국하는 모습을 상상하지 않았을까 싶습니다. 이렇게 사연이 담겨 있는 책들은 돈으로 그 가치를 매길 수 없다고 믿습니다."

"맞는 말씀입니다. 저는 교수님께서 고가의 희귀한 고서적들을 많이 가지고 계시다고 해서 몇억짜리 책을 소개해 주실 줄 알았는데 다른 의미에서 값을 따질 수 없는 책들을 가지고 와주셨네요. 교수님께서 소개해주신 책들을 보고 다른 패널들이 입을 다물지 못하시네요. 박 작가님은 어떠셨나요?"

카메라 화면이 바뀌자 딴 생각을 하고 있는 것처럼 멍하게 앉아 있던 박 작가가 스위치를 켠 것처럼 떠들어댔다. 그 사이, 유명우 교수는 한숨을 돌렸다. 이제 촬영이 막바지를 향해 달려가고 있었다. 폭탄선언을 해야 할 때가 온 것이다.

 사냥꾼은 전기충격으로 의식을 잃고 쓰러진 여자를 트럭까지 끌고 왔다. 자정 즈음 그곳은 오가는 사람들이 없다는 걸 몇 번의 테스트를 통해 알고 있었고, 이번에도 누구와도 마주치지 않았다. 케이블 타이로 팔다리를 묶고, 박스테이프로 그 위를 꼼꼼하게 묶은 다음에 마지막 한 조각으로는 입을 가렸다. 코까지 가려서 질식해버린 예전 사냥감을 떠올리면서 코는 가리지 않게 조심했다. 그리고 사냥감의 휴대폰을 챙겨서 운전석으로 향했다. 경찰복을 벗고 평범한 조끼로 갈아입었다. 그리고 사냥감의 휴대폰 전원을 끄고 망치로 부숴버린 다음 다리를 지날 때 잠깐 차를 세워 하천에 던져버렸다. 그리고 아까 통화했던 대포폰도 전원을 끈 다음 같이 던졌다. 사냥이 쉽게 성공하자 저절로 콧노래가 흘러나왔다. CCTV가 없거나 어두운 골목길을 빙빙 돌아서 집으로 돌아온 사냥꾼은 트럭을 후진 주차한 후에 시동을 껐다. 그리고 콧노래를 흥얼거리며 짐칸으로 가서 문을 열었다. 사냥감은 아직도 의식을 잃은 채 널브러져 있었다. 축 늘어진 여자를 어깨에 들쳐 메고 그는 계단을 내려가 반지하로 향했다. 예전에 연탄 창고였던 곳을 살림집으로 개조했던 곳인데 그가 오랫동안 공들여서 자신만의 공간으로 탈바꿈

시켰다. 창문은 벽돌로 틀어막았고, 문도 밖에서 잠글 수 있도록 개조했다. 방음에도 신경을 써서 비명을 질러도 소리가 새어나가지 않게 했다. 문을 열고 안으로 들어가자 사냥감을 보관하는 창고가 나왔다. 한가운데 바닥에 고정된 의자가 전부였다. 그곳에 축 늘어진 사냥감을 앉혀놓고 팔과 다리를 의자와 쇠사슬로 연결된 수갑에 채웠다. 그리고 축 늘어진 그녀의 고개를 들어서 입에 붙은 테이프를 뜯었다. 그제야 정신이 돌아왔는지 여자는 가느다란 신음소리를 냈다. 그는 천천히 돌아서서 문으로 향했다. 그리고 문 옆의 스위치들을 켰다. 하나는 조명을 완전히 붉은색으로 바꾸는 것이었고, 다른 하나는 바로 위에서 물이 떨어지도록 고안한 장치였다. 차가운 물이 떨어지자 정신을 차린 여자가 비명을 질렀다. 사냥꾼은 천천히 문을 닫고 밖으로 나왔다. 문 바로 옆에는 그가 머무는 공간이 있었다. 삶에 아무런 관심이 없는 그는 별다른 살림살이를 가지고 있지 않았다. 옷은 새로 사서 입다가 지저분해지면 그냥 버렸다. 잠자는 곳은 침대 대용으로 쓰는 매트리스뿐이었다. 매트리스 위에 누워서 숨을 돌린 그는 짜릿한 흥분을 온몸으로 느꼈다.

"완벽했어! 완벽했다고!"

불끈 쥔 주먹을 허공으로 날리며 기뻐하던 그는 벌떡 일어났다. 깜빡 잊고 있던 게 떠올랐기 때문이다. 잠깐 기쁨을 만끽하고 목욕부터 하고 싶었지만 그 일이 먼저였다. 구석의 빈 책상 위에 놓인 TV를 켜자 낯익은 얼굴이 보였다. 사냥꾼은 그 앞에 쪼그리고 앉아서 화면을 응시했다. 그를 관찰하는 건 재미있는 일이었다. 어떻게든 유명해지기 위해 수단 방법을 가리지 않았다. TV에 나와서 바보 취급을 받아도 웃었고, 토론 프로그램에서 무시를 당해도 태연하게 넘어갔다. 그래서 많은 인기를 끌고 있지만 안티도 적지 않았다. 명색이 교수인데 TV 출연에만 열을 올린다는 이유에서였다. 심지어 교수가 된 것도 가족의 비극적인 사고로 인한 동정심 때문이지 실력은 턱없이 부족하다는 비난을 받았다. TV 출연을 통해 인지도를 높이는 것도 교수직에서 잘리지 않기 위한 수단이라는 추측이 뒤따랐다. 사냥꾼은 그런 유명우 교수를 지켜보는 게 삶의 기쁨 중 하나였다. 자신의 손에서 죽다 살아난 그가 광대처럼 우스꽝스럽게 살아가는 모습이 너무나 만족스러웠기 때문이다.

   패널인 박 작가가 침을 튀기며 얘기를 끝내자 여성 앵커가 미소를 지으며 잘 들었다고 말하더니, 유명우 교수를 바라봤다.
   "교수님께서는 오늘 폭탄선언을 하시겠다고 미리 말씀하셨는데요. 어떤 선언이신가요?"
   카메라가 휙 돌아오면서 화면에 자신의 얼굴이 크게 잡

히자 유명우 교수는 살짝 웃었다.

"이제 속세를 떠나려 합니다."

"출가하신다는 뜻인가요? 교회에 다니시는 것으로 알고 있는데요."

남성 앵커가 곧바로 받아치자 유명우 교수는 속으로 신 따위는 15년 전에 버렸다고 대답했다. 하지만 속마음을 숨긴 채 가볍게 웃으며 말했다.

"어제 학교에 사직서를 제출했습니다. 출연 중인 TV와 라디오 프로그램은 이번 달까지만 촬영할 예정이고요. 아마 TV에 출연하는 것도 오늘이 마지막일 겁니다."

PD와 작가만 알고 있던 내용이라 다들 충격을 받은 표정이었다. 여성 앵커가 곧장 물었다.

"그래서 속세를 떠난다는 표현을 쓰셨군요. 교수직까지 내려놓으신다니요. 한창 인기를 누리고 계신데 방송 출연을 그만두시는 특별한 이유라도 있나요?"

"제 자리가 아니라는 느낌을 계속 받았습니다. 물론 저를 좋아해주시고 기회를 주신 모든 분들께는 감사하지만 하면 할수록 내면의 고통과 갈등이 커졌습니다. 그래서 오랫동안 고민하다가 결심을 한 거죠."

여성 앵커의 안타까운 표정이 잠깐 비치더니 남성 앵커가 곧바로 끼어들었다.

"은퇴하기에는 아직 이른 나이 아니신가요?"

"솔직히 좀 지쳤습니다. 다들 안 믿으시겠지만 제가 낯을 좀 가리거든요."

지켜보던 패널들 몇 명이 키득거렸지만 화면에 따로 잡히지는 않았다. 잠깐 웃은 유명우 교수는 남녀 앵커를 바라봤다.

"재미있고 신기한 일들이 많긴 했지만 이제 제자리로 돌아갈 때라는 생각이 계속 들었습니다. 교수직은 저보다 더 실력 좋은 후배들이 많이 있으니까 크게 걱정하지는 않습니다."

"그럼 앞으로 뭘 하면서 지내실 생각인가요?"

이어지는 여성 앵커의 질문에 유명우 교수는 기다리던 순간이 찾아왔음을 느꼈다. 그리고 화면 너머에서 볼지도 모르는 그에게 들으라는 듯 말했다.

"서점을 열 겁니다."

"서점이요? 잘 어울리기는 하겠습니다만."

"그냥 서점이 아니라 그동안 제가 모은 고서적들을 팔 생각입니다."

"정말인가요? 고서적을 목숨처럼 아끼시는 것으로 알고 있는데요."

"저승까지 가져갈 수는 없을 것 같아서요. 무겁기도 할 테고."

한숨을 쉬며 한 농담에 남녀 앵커가 나란히 웃었다. 그러면서 질문은 자연스럽게 남성 앵커에게 넘어갔다.

"다 털어버리고 가시려 하시는군요. 교수님의 재미난 얘기랑 흥미진진한 고서적 얘기를 더 이상 듣지 못한다니 아쉽네요."

"서점으로 찾아오시면 얼마든지 들려드리겠습니다. 작은 서점을 하시는 분들을 몇몇 만나봤는데 손님이 문을 여는 순간 책을 살지 안 살지 보인다고 하더라고요."

"그런가요? 만약 책을 살 생각이 없는 손님이라면 어떡해야 하나요?"

"들어오자마자 문을 잠가버리라고 하더라고요. 책을 살 때까지 말이죠."

그의 유쾌한 농담에 스튜디오는 다시 웃음바다가 되었다. 웃음이 가라앉기를 기다린 유명우 교수는 표정을 살짝 바꿨다.

"오래전에 딸과 약속했던 겁니다. 귀국하면 함께 서점을 열기로 말이죠."

"아, 맞다. 따님이 책을 좋아했다고 하셨죠."

여성 앵커가 갑자기 침울해진 목소리로 말하자 유명우 교수는 크게 한숨을 쉬었다.

"너무 늦은 것 같지만 지금이라도 안 열면 나중에 하늘나라에서 다시 만났을 때 딸에게 약속을 안 지켰다고 혼이라도 날 것 같아서요. 아내까지 합세하면 저는 도로 이곳으로 쫓겨날지도 모릅니다."

은연중에 아내와 딸이 이 세상에 없다는 걸 알려주자 방금 전까지 웃던 패널들이 눈치 빠르게 표정을 바꿨다.

"서점 이름은 정하셨나요?"

이어진 여성 앵커의 질문에 유명우 교수가 대답했다.

"몇 가지 후보를 놓고 고민하다가 '기억 서점'이라고 정했습니다."

"기억 서점이요."

"네, 저에게는 먼저 떠난 가족을 기억하는 장소가 될 테니까요."

남녀 앵커가 나란히 고개를 끄덕거리자 스냅 백을 쓴 젊은 남자 패널이 말을 걸었다.

"저도 찾아가도 됩니까?"

"오시는 건 환영이지만 먼저 필요한 게 있습니다."

"역시 돈이군요."

젊은 남자 패널이 손가락으로 돈 세는 시늉을 하자 스튜디오가 다시 웃음바다가 되었다. 가벼운 웃음으로 대꾸한 유명우 교수가 말했다.

"돈이 아니라, 미리 예약을 하셔야 합니다. 서점은 예약제로 운영할 거니까요. 그리고 책을 사고 싶다면 책에 대한 애정과 지식을 준비해오시기 바랍니다. 예약한 시간에 찾아와서 그 책이 왜 자신에게 필요한지 저를 설득해야 하니까요."

"설득에 성공하면 책을 반값으로 주시나요?"

여성 앵커의 질문에 유명우 교수가 어깨를 으쓱거렸다.

"저를 설득하는 데 성공하면 무료로도 줄 생각입니다."

남녀 앵커와 패널들이 일제히 탄성을 질렀다. 프로그램에 나오는 내내 고서적에 광적으로 집착하는 모습을 여러 차례 보여줬기 때문이다. 그런 유명우 교수가 무료로도 주겠다고 하자 다들 놀란 것이다. 그때 모니터 옆에 서 있던 FD가 끝내라는 손짓을 했다. 남녀 앵커가 화면 쪽을 향해 시선을 돌렸다. 남자 앵커가 화면을 보며 말했다.

"오늘 〈책책책, TV와 함께하다〉는 100회 특집으로 생방송으로 진행되고 있습니다. 이제 마칠 시간이 되었는데요. 책과 함께하는 세상을 만들기 위한 우리 방송국의 노력과 도전은 계속 이어질 예정입니다. 오늘 100회 특집 편을 위해 자리를 빛내주신 출연자분들과 마지막으로 은퇴를 선언하신 유명우 교수님 모두 감사드립니다."

이어서 여성 앵커의 클로징 멘트가 이어지면서 생방송은

막을 내렸다. FD가 끝났다는 손짓을 하자 패널들은 일제히 한숨을 쉬면서 차고 있던 마이크를 풀었다. 유명우 교수 역시 옷깃에 차고 있던 마이크의 집게를 눌러서 옷 속으로 이어진 선을 뺐다. FD가 다가와서 마이크를 수거해가는 사이, 대본을 챙긴 남성 앵커가 다가왔다.

"항상 방송을 재밌게 하셨는데 더 이상 못 뵙겠네요."

"덕분에 즐거웠습니다. 이제는 서점 주인으로 멀리서 응원할게요."

"그나저나 교수직까지 그만두신다니, 깜짝 놀랐습니다."

"속세에서 너무 오래 놀았으니까요."

그의 농담에 남성 앵커가 껄껄거리며 웃었고, 여성 앵커도 수고했다는 말을 남겼다. 유명우 교수는 홀가분하다는 표정으로 응답하고는 자리를 떴다. 지난 15년간 차근차근 준비해온 일을 이제야 시작하게 되었다. 지나간 세월을 떠올리면서 그는 자신이 심사숙고하여 준비한 미끼를 사냥꾼이 물기를 바랐다. 15년 전의 터널과 닮은 어두운 통로로 들어가며 그는 중얼거렸다.

"이제 목적지로 갈 시간이야."

사냥꾼은 TV에서 유명우 교수의 이야기를 듣고 벌떡 일어났다.

'뭐라고!'

돈독이 올라도 단단히 올랐고, 유명해지기 위해서는 수단 방법을 가리지 않는다고 손가락질을 받던 인물이 갑자기 모든 걸 내려놓고 떠난다고 했다. 어떻게든 유명해지기 위해 안달복달하던 모습을 지켜보는 게 살인과 더불어 유이한 낙이었던 그는 TV를 두 손으로 붙잡고 뒤흔들며 외쳤다.

'아니, 왜 은퇴를 하는 건데? 왜!'

곧이어 그가 고서적을 판매하는 조그만 서점을 열겠다고 했다. 더 이상 그를 TV나 언론에서 볼 수 없다는 걸 의미했다. 유명해지기 위해 발버둥 치는 그의 모습을 보는 게 살인 다음으로 즐거운 일이었다. 그런데 그 즐거움을 빼앗겨버린 셈이다. 화가 난 사냥꾼은 방 안을 빙빙 돌면서 분노를 곱씹었다.

'이럴 수는 없어. 이럴 수는 없다고!'

거기다 수집한 책들을 서점을 방문한 사람들에게 무료로 줄수도 있다고 했다. 그 말을 듣는 순간 사냥꾼은 그것이 자신을 위해 파놓은 함정이라는 걸 깨달았다.

'나보고 찾아오라는 얘기군.'

위험한 일이 벌어질지 모른다는 생각보다는 감히 그가 자신을 상대로 도발했다는 것에 화가 났다.

화를 참지 못한 그는 서랍에서 휴대폰을 꺼내서 문 밖으로 나갔다. 그리고 사냥감이 갇혀 있는 방으로 들어갔다. 발소리를 들었는지 여자가 비명을 멈췄다. 불을 켜고 물을 끄자 머리에 찬물을 흠뻑 뒤집어 쓴 여자가 덜덜 떨면서 말했다.

"아저씨! 살려주세요."

그 앞에 선 사냥꾼은 가져온 휴대폰을 그녀의 무릎에다 던졌다. 그리고 뒤로 돌아가서 손목에 묶어놓은 수갑과 연결된 쇠사슬을 느슨하게 풀어줬다. 수갑은 그대로였지만 손은 어느 정도 자유롭게 움직일 수 있게 된 것이다. 갑작스러운 그의 행동에 놀란 여자가 고개를 살짝 돌렸다.

"집에 전화해서 돈 얼마 줄 수 있는지 물어봐."

"지, 진짜요?"

"두 번 얘기하지 않는다."

사냥꾼 얘기를 들은 여자의 표정에서 얼핏 살 수 있다는 희망이 떠올랐다. 떨리는 손으로 휴대폰을 든 여자가 서둘러 버튼을 눌렀다. 그 사이, 사냥꾼은 뒤쪽 벽에 붙어 있는 테이블에서 망치를 집어 들었다. 망치 손잡이에 해머를 끼운 거라 더없이 묵직했지만 사냥감을 한 방에 보낼 수 있어서 애용하는 무기였다. 첫 번째 살인에서 렌치를 쓴 이후, 다음에는 칼을 썼었다. 하지만 칼에 맞고 피를 본 사냥감이 흥분해서 심하게 저항하는 경우가 발생했다. 거기다 피까지 심하게 튀어서 닦는 데 많은 어려움이 있었다. 그래서 피도 덜 튀고 치명상을 입혀서 저항하지 못하게 만드는 둔기를 썼다. 뒤에 숨겼다가 뒤통수를 세게 내리치면 끝낼 수 있었다. 사냥꾼은 등 뒤에 망치를 숨긴 채 천천히 다가갔다. 그 와중에도 사냥감은 살아나갈 수 있다는 희망에 휴대폰의 번호를 연신 누르는 중이었다. 사냥꾼은 그녀의 뒤로 다가가서 순식간에 해머가 달린 망치를 휘둘렀다. 사람들은 두개골이 둔기에 강타당하면 부서지는 소리가 들릴 거라고 흔히 생각한다. 사실 뒤통수를 둔기로 맞으면 퍼석하는 소리가 들린다. 마치 발에 밟힌 과자가 부스러지는 소리에 더 가깝다. 충격 때문인지 그녀가 들고 있던 휴대폰이 바닥에 떨어졌다. 액정에 흩뿌려진 피를 본 그가 입술을 뒤틀며 소리 없이 웃었다. 그녀에게 준 휴대폰은 예전에 고장 난 것이었다. 그것도 모르고 살아나갈 수 있다는 생각에 정신없이 버튼을 눌렀을 것이다. 그녀의 뒤통수를 박살낸 해머에는 끈적거리는 뇌수와 피가 묻어 있었다. 혀끝으로 살짝 맛을 본 사냥꾼은 아무래도 익숙해지지 않는 짠맛에 얼굴을 찌푸렸다. 망치를 테이블에 도로 내려놓은 그는 앞으로 가서 자신이 해치운 사냥감을 내려다봤다. 고개를 앞으로 푹 숙인 여자의 얼굴에서는 자신이 왜 죽는지 모르겠다는 곤혹스러움이 느껴졌다. 그리고 해머로 강타당한 충격 때문인지 한쪽 눈이 안구 밖으로 튀어나와서 대롱대롱 매달려 있었다.

'이런, 힘을 너무 줬군.'

자신의 실수를 자책한 그는 조심스럽게 안구를 눈 안으로 밀어 넣었다. 원래는 며칠 동안 희망고문을 하면서 살려둘 생각이었지만 아까 TV에서 유명우 교수가 은퇴한다는 소식을 듣고 너무 짜증이 난 나머지 화풀이 삼아서 죽여버린 것이다. 화가 나서 어쩔 수 없긴 했지만 일단 해야 할 일은 하기로 했다. 망치 옆에 놓인 갈고리 한 쌍을 집어 든 그는 축 늘어진 그녀의 등 뒤로 다가가서 양쪽 어깨죽지 아래로 찔러 넣었다. 살이 찢어지는 소리와 함께 갈고리가 살 속에 단단하게 파고들어간 걸 확인한 사냥꾼은 천장으로 손을 뻗어서 쇠사슬 두 줄을 내렸다. 그리고 갈고리 끝에 있는 고리에 건 다음에, 손과 발에 연결된 수갑과 쇠사슬을 풀었다. 의지할 곳이 없어진 그녀의 시신이 의자 옆으로 스르륵 쓰러지려고 하자 사냥꾼은 서둘러 쇠사슬을 잡았다. 사냥감이 자신의 의도 외에 훼손되는 것이 끔찍하게 싫었기 때문이다. 갈고리와 연결된 쇠사슬을 잡아당기자 그녀의 시선이 서서히 위로 올라갔다. 반지하라 높이 올리지는 못했지만 그녀의 발이 땅에서 살짝 떨어지는 정도까지 띄울 수는 있었다. 쇠사슬을 단단히 고정시킨 사냥꾼은 망치가 놓인 테이블에 함께 있던 갈고리 칼을 들었다. 그리고 매달린 여자의 시신에 걸쳐져 있던 옷을 찢어버렸다. 마치 허물을 벗기듯 옷이 벗겨진 시신은 조명 아래서 천천히 원을 그렸다. 찢겨진 옷을 구석 상자에 던져 넣은 그는 갈고리 칼을 도로 테이블에 올려놓고 서랍을 열었다. 안에는 며칠 전부터 갈아놓은 칼 한 자루가 들어 있었다. 사냥꾼은 칼을 들고 갈고리에 매달려 있는 여자의 시신으로 다가갔다. 그리고 한쪽 무릎을 꿇고 양쪽 발뒤꿈치를 잘랐다. 선홍색 피가 쏟아져 나오면서 바닥에 있는 배수구로 빨려 들어갔다. 뒷걸음질로 물러나서 자신의 작품을 바라보고는, 문 옆 스위치를 켜서 물이 다시 쏟아지게 했다.

'하루만 있으면 피가 다 빠질 거야.'

피가 다 빠진 시신은 처리하기가 쉬운 편이었다. 두 번째 사냥감부터 해왔던 방식인데 매우 편리해서 이후에는 매번 같은 방식으로 처리해왔다. 사냥감을 잡은 이후에는 처리하는 것도 중요했다. 그래서 몇 번의 시행착오와 실험을 거쳐서 최선의 방법을 찾아냈다. 초반에는 화장을 했지만 연기와 냄새 때문에 의심을 산 적이 있었다. 결국 무기는 망치를 썼고, 시신은 피를 다 뺀 상태에서 처리하는 방식을 선호했다. 불을 끄고 문을 닫은 그는 다시 방으로 돌아왔다. 샤워를 할까 생각했지만 그러기에는 치밀어 오른 화가 누그러지지 않았다. 결국 샤워를 포기한 그는 구석에 놓인 금고로 다가갔다. 한쪽 무릎을 꿇고 다이얼을 돌려 금고 문을 열고, 안에 있는 것 중 하나를 꺼냈다. 그리고 매트리스에 누웠다. 그가 꺼낸 것은 1926년 발간된 〈월간 개벽〉 70호였다. 이 책에는 이상화의 〈빼앗긴 들에도 봄은 오는가〉가 수록되어 있어서 가격이 비싼 편이었다. 천천히 페이지를 넘기며 오래된 글씨를 보자 마음이 편안해졌다. 그러다가 이상화의 시가 실린 페이지에 도달하자 천천히 한 글자씩 씹어 먹는 기분으로 들여다봤다. 아버지는 늘 그렇게 책을 읽어야 한다고 말씀하셨다. 안 그러면 오래된 책에 사는 귀신이 나를 잡아먹고 말 거라면서 무서운 표정을 짓곤 했다. 아버지가 유일하게 무섭지 않았던 바로 그 순간을 떠올린 사냥꾼은 조용히 눈물을 흘렸다. 15년 전에 다친 왼쪽 발목이 욱신거렸지만 무시했다. 오래된 책을 읽는 기쁨을 만끽하고 싶었기 때문이다. 하지만 마음 한구석은 여전히 분노로 욱신거렸다. 그렇게 유명해지려고 안간힘을 쓰던 벌레 같은 인간이 갑자기 모든 걸 내려놨다니 믿을 수가 없었다. 게다가 보란 듯이 고서적을 판매하는 서점을 열었다. 책을 도로 덮은 그는 5년 전의 일을 끝마칠 때가 왔다고 직감했다. 물론 유명우 교수가 열겠다는 서점은 자신을 위한 덫이라는 걸 잘 알았다. 그 어느 때보다 조심스럽게 접근해야만 했다.

'감히 나에게 도전을 해?'

2

15년
전

간신히 출발을 했지만 차 안에서의 말다툼은 멈추지 않았다. 뒷좌석에 앉은 유리는 계속 가기 싫다며 짜증을 냈고, 아내 역시 침묵으로 동조했다. 그런 상황이 더없이 불편해진 유명우는 연신 터져 나오는 짜증을 속으로 삭였다.

"여보, 얼굴 좀 펴."

"이런 상황에서 어떻게."

아내가 기다렸다는 듯 쏘아붙이자 유명우는 저절로 얼굴이 찌푸려졌다.

"내가 꼭 가야 한다고 여러 번 얘기했잖아."

"아무리 그래도 귀국해서 바로 가는 법이 어디 있어. 유리 지금 힘들어하는 거 안 보여?"

유명우는 뒷좌석에 축 늘어져 있는 딸 유리를 백미러로 보면서 한숨을 쉬었다. 시작부터 모든 게 꼬였다. 파리 샤를드골 공항에서 비행기 엔진 문제로 세 시간이나 연착된

게 불행의 시작이었다. 덕분에 인천국제공항이 한창 붐빌 때 내리고 말았다. 중국 관광객들이 입국하는 시간과 타이밍이 맞아버린 덕분에 게이트를 빠져나오는 데만 꽤 많은 시간이 소요됐다. 사람들이 너무 많아서 택시를 잡는 데 또다시 시간을 허비해야 했고, 결국 신촌 집에 도착했을 때는 예정보다 다섯 시간 이상 늦고 말았다. 그래서 짐만 던져놓고 바로 흰색 뉴 EF 소나타를 타고 부천으로 가야만 했다. 그곳에서 열리는 대학 총장의 고희연에 참석하기 위해서였다. 원래 시간대에 도착했다면 집에서 잠깐 눈이라도 붙인 후 갔을 테지만 그럴 수 없는 상황이 된 것이다. 그나마 차들이 다니지 않는 국도를 탈 수 있어서 잘하면 시간 내에 도착할 것만 같았다. 하지만 아내는 이왕 늦었으니까 가지 말자고 했고, 올해 중학생이 된 딸 유리도 아프다면서 가고 싶어하지 않았다. 그걸 본 유명우는 발끈했다.

"프랑스 유학 마치고 바로 교수로 임용되는 게 쉬웠을 줄 알아? 다 총장님이 밀어줘서 그런 거야. 그런데 꼭 오라고 한 고희연에 안 가면 내 체면이 뭐가 되는데?"

그렇게 화를 내고 초조해한 이유는 아직 정식 임용이 되지 않았기 때문이다. 만약 총장이 마음을 바꾼다면 자신을 대신해서 그 자리를 꿰차고 싶어 하는 사람이 한둘이 아니었다. 그나마 고서적을 좋아하는 총장 비위를 맞춘 덕분에 어렵사리 교수 자리를 얻게 된 것이다. 틈틈이 고서적 모으는 취미를 가지고 있던 유명우는 안도의 한숨을 쉬었다. 하지만 정식 임용은 귀국 후에 이뤄질 예정이었다. 그래서인지 밀려난 경쟁자들이 끊임없이 자리 뺏기를 시도하고 있다고 한국에 있는 동료들이 넌지시 알려줬다. 그럴 때마다 초조했지만 꾹 참는 수밖에 없었다. 그래서 이번 고희연에 참석해서 새로 임용될 국문과 교수가 바로 자신이라는 것을 경쟁자들과 관계자들 앞에 알려주고 싶었다. 그런데 그것도 모르고 발목을 잡는 가족이 너무 짜증났다. 그런 속마음이 얼굴에 그대로 드러났는지 조수석에 앉아 있던 아내가 한숨을 쉬었다.

"교수가 되는 게 그렇게 중요해?"

"그럼 중요하지. 외국에서 박사과정까지 끝내고 귀국해서 아무것도 못 하는 친구들이 한둘인 줄 알아?"

"자기 갑자기 출세에 목을 매는 거 같아. 왜 그래?"

아내는 걱정스러워하는 말투였지만 오히려 유명우를 폭발시켰다.

"왜 그러긴? 너랑 딸내미 먹여 살리려고 그러는 거지!"

유명우가 버럭 화를 내자 뒷자리에 널브러져 있던 유리가 울음을 터트리고 말았다. 어린 시절, 프랑스로 가서 말도 안 통하는 학교에서 걸핏하면 우는 딸 때문에 몇 번이고 학교를 찾아가야만 했다. 유리는 내내 울다가 유명우가 찾아오면 그제야 울음을 그치곤 했다. 학교에서 연락을 받을 때면 하던 공부나 세미나를 멈추고 가야만 했기 때문에 더없이 짜증이 났지만 어쩔 수 없었다. 그때의 기분이 떠오른 유명우는 울기 시작한 딸에게 소리를 쳤다.

"안 그쳐! 뭘 잘했다고 울어!"

그러자 딸은 더 큰 목소리로 울었다. 아내가 성난 표정으로 말했다.

"왜 애를 울려!"

"내가 울린 거야? 지가 알아서 운 거지!"

"그게 딸에게 할 소리야?"

화가 머리끝까지 치밀어 오른 유명우는 핸들을 신경질적으로 내리쳤다.

"가족들 굶기지 않기 위해 교수 자리 얻으려고 발버둥 친 죄밖에 없어. 좀만 참으면 되는데 왜 그걸 못 참아!"

"언제 우리한테 그거 물어봤어? 그냥 자기가 결정하고 따라오라고 했으면서."

"그럼 도와주든가!"

파리에서의 힘든 유학 생활에 대한 울분이 폭발해버린 유명우는 있는 대로 화를 냈다. 유명우가 부들부들 떨면서 씨근덕거리자 유리는 더 겁을 먹었는지 쉬지 않고 울었다.

아내의 얼굴도 굳어졌다. 팔짱을 낀 아내가 더 이상 할 얘기가 없다는 듯 창밖으로 고개를 돌렸다. 뭔가 말하려던 유명우는 앞에 터널이 나오자 운전에 집중하기로 했다. 별다른 표지판 없이 불쑥 나타난 터널은 2차선이었는데 조명이 제대로 켜 있지 않아 어두웠다.

"씨발! 진짜, 왜 이리 어두워."

모든 것에 짜증이 난 유명우는 터널에 들어서자마자 멈춰 선 차를 보고 브레이크를 밟았다. 검은색 SM5였는데 터널 벽을 들이받고 고장이 났는지 누군가 보닛을 열고 살펴보고 있었다.

보닛에서는 연기가 심하게 나고 있었다. 거기다 하필이면 2차선 도로에 차가 비스듬하게 세워져 있어서 옆으로 비켜갈 수도 없었다. 유명우는 길게 한숨을 내쉬며 말했다.

"환장하겠네. 오늘 왜 이러냐?"

신경질적으로 경적을 울렸지만 상대방은 꿈쩍도 하지 않았다. 무시당한다는 생각에 분통이 터진 유명우는 안전벨트를 풀고 운전석 밖으로 나갔다. 그런 유명우를 아내가 만류했다.

"여보, 그냥 딴 길로 돌아가."

"자꾸 돌아가면 제시간에 도착 못 한다고!"

버럭 소리를 지르며 운전석 문을 닫은 유명우가 비상등

을 켜놓고 앞을 막아선 차로 다가갔다. 그리고 허리를 숙인 채 보닛 안을 들여다보는 남자에게 소리를 질렀다.

"이봐! 차가 고장 났으면 갓길에 세워야지 그렇게 차선을 막아놓으면 어떡하자는 거야?"

보닛 안을 들여다보던 상대방이 허리를 펴고 유명우를 바라봤다. 어두운색의 후드 티에 청바지 차림의 상대방은 파란색 야구모자에 검은색 마스크를 써서 눈밖에 안 보였다. 어두운 터널 안이었지만 그 눈빛만은 라이트를 켠 것처럼 번쩍였다. 순간 움찔했지만 여기서 물러날 수는 없다는 자존심이 그를 한 발 앞으로 나아가게 했다.

"아저씨! 급해서 그런데 차 좀 옆으로 빼요."

하지만 상대방은 보닛을 열고 두 손을 짚은 채 유명우를 빤히 쳐다보기만 했다. 손은 붉은색 고무로 코팅이 된 목장 갑을 끼고 있었다. 마치 더 말을 해보라는 듯한 표정과 몸 짓이었다.

"차를 좀 옆으로 빼라고! 이 도로가 네 거야!"

그러자 상대방은 자기도 어쩔 수 없다는 듯 어깨를 으쓱거렸다. 유명우는 남자에게 한 발짝 더 다가가서 어깨를 밀치며 말했다.

"오늘 다 왜 이래? 차가 움직이지 않으면 레커차를 불러! 내가 불러줄까? 응?"

여전히 상대방은 대답도 않고 오히려 뒷걸음질하여 물러났다. 씨근덕거리는 숨소리와 함께 마치 약을 올리는 것 같은 그의 태도에 유명우는 주먹으로 보닛을 내리쳤다.

"지금 장난하자는 거야? 씨발!"

바로 그때 운전석 창문에 핏자국이 튀어 있는 모습이 보였다.

"가만, 다친 사람이 있나?"

그가 가만히 들여다보자 뒷좌석에 사람이 누워 있는 게 보였다. 머리에 피를 잔뜩 흘린 채 말이다. 놀란 유명우가 고개를 들자 어느 틈엔가 다가온 상대방이 한 손에 들고 있던 렌치로 그의 머리를 내리쳤다. 그러고는 허리를 숙여 유명우의 눈을 들여다보더니 씨근덕거리며 탁한 목소리로 말했다.

"그 잘난 입을 좀 더 나불거려보시지. 차가 고장 났으면 와서 도와줄 게 없냐고 물어봐야 하는 거 아니야? 아가리에 걸레를 문 것도 아니고 말이야."

그러면서 주머니에서 칼을 꺼냈다.

"입을 찢어주면 다시는 그딴 소리를 못 하겠지?"

차가운 칼날이 뺨에 닿자 유명우는 몸부림을 쳤다. 그 바람에 입술 한쪽이 확 찢어지면서 피가 뺨을 타고 흘러내렸다. 유명우가 계속 움직이자 상대방은 혀를 차면서 칼 대신 렌치를 높이 치켜들었다.

"짜증나게 구네, 진짜."

그때 아내와 딸 유리가 탄 차에서 경적 소리가 들렸다. 계속 이어지는 소리에 상대방이 고개를 돌렸다.

"아씨, 처리하고 가려고 했더니 말이야."

그 얘기를 들은 유명우는 정신이 번쩍 들었다.

"안 돼! 아내랑 아이는 건드리지 마!"

"아이고, 그건 내가 알아서 할게요. 자꾸 내 인생에 간섭하지 말라니까."

유명우가 손을 뻗어서 붙잡자 상대방은 귀찮다는 듯 렌치로 한쪽 무릎을 내리쳤다. 퍽 하는 소리와 함께 뼈가 부러진 것 같았지만 유명우는 비명도 지르지 않고 상대방을 붙잡았다. 차의 뒷문을 연 상대방이 유명우를 잡아서 안에다 집어넣었다.

"아저씨는 와서 처리해줄 테니까 조금만 기다려요."

뒷좌석에 던져진 유명우는 방금 전 사람이 쓰러져 있다고 생각했던 게 실은 사람의 시신이라는 걸 깨닫고는 기겁했다. 몸을 돌리는데 아래쪽으로 가방 같은 게 보였다. 본능적으로 그걸 움켜쥔 유명우는 머리 위로 손을 뻗어서 문을 열기 위해 안간힘을 썼다. 그 와중에도 경적 소리는 계속 들렸다.

"제발! 그만 좀 누르고 도망쳐! 후진해서 딴 길로 가란 말이야!"

비명 섞인 소리를 지르는 와중에 딸깍하는 소리와 함께 문이 열렸다. 낑낑대면서 차 문을 연 유명우는 몸을 질질 끌고 밖으로 나왔다. 그때 뒷좌석 바닥에 떨어져 있던 가방도 함께 쓸려나왔다. 도로 위로 몸을 굴린 유명우는 아내와 딸이 타고 있던 차에서 내리는 상대방의 모습을 보고 절규했다.

"안 돼!"

유명우가 차에서 빠져나온 걸 본 상대방은 차 문을 닫고 천천히 다가왔다. 머리와 다리를 다친 상태라 도망칠 수도 없고, 아내와 딸을 두고 도망칠 생각도 없었다. 일어나려고 몸부림치는 유명우에게 다가온 상대방이 혀를 찼다.

"그러게 마음씨를 곱게 썼어야지. 안 그래?"

"이게 뭐 하는 짓이야!"

"사냥꾼이라서."

"뭐라고?"

"사냥꾼은 누군가 앞을 가로막는 걸 용납 못 하거든. 사냥꾼이 이빨을 드러내면 그 앞에 있는 건 사냥감이 될 수밖에 없어."

자신을 사냥꾼이라고 칭한 그의 눈 끝이 올라갔다. 아마 마스크를 쓴 입도 미소가 지어졌을 것이다.

"그렇다고 이렇게까지 해! 이 미친놈아!"

발작적으로 외치는 유명우의 말에 상대방이 렌치를 들어 올렸다. 하지만 유명우가 차 뒷좌석에 있던 가방을 들어서 방패처럼 막자 흠칫 놀랐다. 그리고 지금까지와는 전혀 다른 목소리를 냈다.

"씨발, 내려놓지 못해!"

렌치로 내리치는 대신, 다른 손으로 가방 끈을 잡고 거칠게 빼앗아가려고 했다. 유명우는 필사적으로 가방을 놓지 않았다. 그 와중에 가방의 어깨끈이 뜯겨져 나갔다. 상대방이 뒤로 넘어졌고, 뜯겨진 어깨끈의 고리에 걸려 있던 열쇠 모양의 작은 금속 장식물이 떨어졌다. 어깨끈을 내동댕이친 상대방이 짜증을 내며 다가왔다.

"씨발, 곱게 좀 죽어."

쓰러진 유명우의 멱살을 잡은 상대방이 렌치를 치켜들었다. 한없이 차가운 그의 눈을 지켜본 유명우가 중얼거렸다.

"진짜 미친놈이군."

"너도 그런 것 같은데?"

상대방이 흐릿한 웃음과 함께 대답하며 렌치를 내려치려고 했다. 축 늘어져 있던 유명우는 한 손에 쥐고 있던 열쇠 모양의 금속 장식물로 상대방의 왼쪽 발목을 찍었다. 갑작스러운 공격에 놀란 상대방은 렌치를 떨어뜨리고 토끼뜀을 뛰었다. 그러다가 주머니에서 칼을 꺼내서 그에게 겨눴다.

"별게 다 괴롭히네. 진짜."

절뚝거리며 다가오려는 상대방에게 유명우는 가방을 방패처럼 내세웠다. 가방을 피해 유명우에게 접근하려던 상대방은 뒤쪽에서 들려오는 자동차 소리에 고개를 돌렸다. 어느 틈엔가 나타난 푸른색 트럭 한 대가 라이트를 켠 채 멈춰 섰다. 그걸 본 상대방은 곧장 몸을 돌려 유명우의 자동차가 있는 곳으로 뛰어갔다. 그리고 차를 출발시켜서 쓰러져 있는 유명우를 향해 질주해왔다. 아예 차로 깔아뭉갤 것처럼 보였다.

"안 돼!"

유명우는 몸을 질질 끌어서 차 뒤로 숨으려고 했지만 상체만 피할 수 있었다. 축 늘어져 있던 두 다리 위로 차가 질끈 밟고 지나간 순간, 뼈와 살이 터지는 것이 생생히 느껴졌다.

"으악!"

비명을 지른 유명우는 충격으로 몇 바퀴 굴러갔다. 그 와중에도 끈 떨어진 가방을 꼭 움켜쥐고 있었다. 그의 두 다리를 깔아뭉갠 차는 보닛에서 연기를 뿜어내는 차를 들이받았다. 쿵하는 소리와 함께 튕겨나간 차가 뒤집어질 듯 요동쳤다. 유명우는 누운 채, 상대방이 모는 자신의 차가 어두운 터널 너머로 사라지는 걸 지켜봤다. 빨간 후미등이 어둠에 집어삼켜져서 사라질 무렵에야 통증이 느껴졌다. 차에 눌려 으스러진 두 다리는 마치 도로에 붙어버린 것처럼 꼼짝도 하지 않았다. 뒤늦게 트럭에서 내린 두 남자가 달려오는 게 보였다. 한 명은 휴대폰을 귓가에 대고 주변을 두리번거렸다. 새마을 모자를 쓴 다른 한 명은 조심스럽게 유명우에게 다가왔다.

"괜찮아요, 아저씨?"

겁에 잔뜩 질린 그에게 유명우가 필사적으로 물었다.

"우리 애랑 아내는요? 저 차에 타고 있었어요."

"저 차?"

어리둥절해하는 그에게 유명우가 아까 차가 서 있던 곳을 가리켰다.

"저를 치고 간 차요. 그 차에 아내랑 애가 있었다고요."

"그, 그건 모르겠고, 길옆에 뭔가 버려져 있어요. 처음에는 차에 친 고라니인 줄 알았는데……."

그게 뭘 의미하는지 깨달은 유명우는 그만 눈물을 쏟고 말았다.

"나 때문이야! 나 때문이라고!"

아내와 딸의 말대로 고집을 부리지 않았다면 이런 비극

은 겪지 않았을 거라는 생각이 들자 미칠 것만 같았다. 하늘을 향해 누워서 오열을 쏟아내는 유명우의 모습에 상대방은 어찌할 바를 모른 채 발만 동동 굴렀다. 그 사이에 동행자가 휴대폰에 대고 위치를 설명하는 소리가 들려왔다.

"여기가 어디냐면, 천안 쪽으로 가는 국도예요. 국도. 이번에 새로 뚫려서 한번 타봤는데 이게 무슨 일인지, 원."

그 사이에도 유명우는 계속 살인자를 잡아야 한다고 외쳤다. 남자들은 그런 유명우 교수를 질질 끌면서 말했다.

"차가 폭발하려 해요. 어서 피해야 한다고요."

잠시 후 차는 불길에 휩싸였다. 엄청난 연기가 터널 안을 메우자 두 사람은 오열하는 유명우를 질질 끌고 터널 밖으로 빠져나왔다.

유명우 교수의 꿈은 항상 거기까지였다. 조용히 눈을 뜬 유명우 교수는 불이 환하게 켜진 천장을 말없이 올려다봤다. 그날 이후, 어둠을 끔찍하게 두려워하면서 잠을 잘 때도 항상 불을 켜놔야만 했다. 죄책감과 두려움 때문에 빛이 없는 곳에서는 숨조차 쉴 수 없을 정도로 고통스러웠다. 조용히 침대에서 벗어난 유명우 교수는 바로 옆에 놓인 실내용 휠체어에 몸을 실었다. 이렇게 잠에서 깨어나면 항상 샤워하는 버릇이 있었기 때문이다. 휠체어가 지나갈 수 있도록 문턱을 없앤 방을 나와 욕실로 향했다. 욕실 문을 열고 안으로 들어선 유명우 교수는 알루미늄으로 만든 욕실용 휠체어에 앉았다. 바퀴 달린 휠체어를 끌어서 샤워기 아래 선 유명우 교수는 그의 손이 닿을 수 있도록 위치를 낮춘 샤워기 버튼을 눌렀다. 그러자 천장에 고정되어 있던 해바라기 샤워기에서 물이 쏟아졌다. 쏟아지는 물줄기를 맞으면서 유명우 교수는 고통스러운 기억을 잊기 위해 안간힘을 썼다.

구급차와 경찰차가 거의 동시에 도착하는 걸 본 그는 자신의 목숨을 살려준 거나 다름없는 가방을 끌어안은 채 의식을 잃었다. 정신을 차린 건 이틀 후 근처 병원에서였다. 눈 뜨자마자 그가 가장 먼저 찾은 건 가족이었다.

"아내랑 유리는요?"

두툼한 뿔테 안경에 하얀 가운을 입은 의사는 옆에 서 있는 가죽점퍼 차림의 형사에게 시선을 돌리는 것으로 대답을 대신했다. 귀에 볼펜을 끼운 채 형사 수첩을 펼친 형사는 자신을 임지웅이라고 소개하면서 건조하게 대답했다.

"현장의 가드레일 근처에서 발견됐습니다. 둘 다 둔기로 타살됐고요."

그 얘기를 들은 유명우는 왈칵 눈물을 쏟았다. 경적을 울린 덕분에 자신은 살아났지만 아내와 딸이 희생당한 것이다. 그것도 자기가 고집을 부려서 길을 나선 바람에 말이다. 자신이 죽인 거나 다름없다고 피눈물을 토한 그에게 형사가 물었다.

"용의자 인상착의는 기억하십니까?"

형사의 물음에 유명우는 움찔하면서 이불자락을 움켜쥐었다. 공포스러웠던 순간이 떠올랐기 때문이다. 형사는 그런 유명우를 의미심장한 눈으로 바라봤다. 뭔가 더 물어보려고 하던 형사에게 의사가 말했다.

"아직 안정을 취해야 할 거 같으니까 내일 조사하시죠."

뭔가 말하려던 형사는 순순히 고개를 끄덕거렸다. 수첩을 닫은 형사가 볼펜을 도로 귀에 꽂으면서 말했다.

"그럼 내일 다시 오겠습니다. 푹 쉬십시오."

휘적거리는 걸음으로 형사가 밖으로 나가자 의사가 구겨진 이불을 펴서 덮어줬다.

"드릴 말씀이 있습니다."

"뭡니까?"

의사는 이번에도 대답 대신 아래쪽을 바라봤다. 그제야 의식을 잃기 전까지 내내 통증을 안겨줬던 두 다리에 아무 감각이 없다는 걸 깨달은 유명우가 놀란 눈으로 바라봤다.

"병원에 도착했을 때 이미 손쓸 수 없는 상태였고 출혈이 심해서 절단 수술을 해야만 했습니다."

몸을 일으켜 이불 안으로 손을 뻗은 유명우는 두 다리가 무릎 아래부터 없다는 것을 깨달았다. 허전함과 함께 당시의 고통이 떠오른 그는 몸을 부들부들 떨었다. 그러자 의사가 서둘러 그를 눕혔다. 그리고 밖에 대고 외쳤다.

"간호사!"

간호사들이 들어와서 붙잡을 때까지 그는 미친 듯이 몸부림을 쳤다. 진정제를 놓으라는 의사의 외침이 메아리처럼 들려왔다.

그 이후 퇴원할 때까지 겪은 일은 가족을 잃은 것 이상의 상처를 주었다. 목격자가 있었음에도 경찰은 그를 용의자 중 하나로 특정했다. 특히 가죽점퍼를 입고 나타난 임 형사는 그가 아내와 딸과 다퉜다는 얘기를 듣고는 집요하게 캐물었다. 한 발 더 나아가 가족과 주변 사람들에게 유명우의 부부관계에 대해 묻고 다녔다. 문병을 온 아버지에게 그 얘기를 들은 유명우는 가슴이 찢어질 것 같았다. 그는 잔뜩 분개하며 자신이 목격한 살인자에 대해 증언했지만 심드렁한 대답만 돌아왔을 뿐이다. 범인이 아내와 딸을 죽이고 탈취한 차는 약 20킬로미터 떨어진 시골 읍내에서 발견되었다. 지문은 나오지 않았다. 범인이 마치 안개처럼 종적을 감춰버렸다고 임 형사가 넋두리를 늘어놓듯 말했다.

"유령 같은 놈입니다. 아무것도 없어요."

"그자가 원래 탔던 차는요?"

"뒷좌석에 죽어 있던 피살자의 차였습니다."

"살인자가 그 차에 타고 있었을 겁니다. 거기서 무슨 증거가 나오지 않았습니까?"

"안타깝게도 차가 전소돼서 모든 증거가 송두리째 불타 버렸습니다. 차에서 죽은 피살자의 신원도 겨우 알아냈습니다."

"누구였습니까?"

유명우의 질문에 임 형사가 수첩 사이에 끼워져 있던 사진을 보여줬다.

"고정욱이라는 남자입니다. 나이는 43세, 인사동에서 고서적이랑 골동품 중개업을 하는데 혹시 아십니까?"

임 형사가 건넨 고정욱의 사진을 본 유명우는 고개를 저었다.

"프랑스에서 유학한 지 5년이 넘었고, 한국에는 몇 번 오지도 않았습니다."

"그렇다고 들었습니다. 피살자는 당일 날 오전에 전화를 받고 자기 차를 몰고 나갔다가 피살되고 말았죠. 렌치로 머리를 정통으로 맞았습니다."

사진을 형사 수첩 사이에 끼워 넣은 임 형사가 고정욱이 렌치로 얻어맞은 머리 위치를 손으로 가리키며 말을 이어 갔다.

"그 충격으로 고정욱 씨가 핸들을 놓치면서 차가 터널 벽에 부딪친 거 같습니다."

"그 사람은 왜 죽인 겁니까?"

유명우의 질문에 임 형사는 귀에 끼운 볼펜을 뽑아서 머리를 긁적거렸다.

"역시 불명인데 돈 때문인 것 같습니다. 인사동에 있는 사무실로 전화를 걸어 외부에서 만나서 함께 차를 타고 현장까지 이동했던 것으로 보입니다. 아마 거래를 하겠다는 핑계로 유인한 것 같습니다. 고정욱 씨의 사망 시각은 사망한 가족분들과 비슷합니다."

"연쇄살인마인가요? 시리얼 킬러?"

"아직 그건 모르겠습니다."

"범인에 대한 단서는 정말 아무것도 없는 겁니까?"

답답해진 유명우의 물음에 임 형사가 고개를 저었다.

"그냥 유령처럼 사라져버렸다니까요. 경찰들을 풀어서 근처 마을을 탐문해봤는데 아무것도 안 나와요. 시골이라 인적이 드문 편이라서 말이죠. 도로도 새로 개통된 곳이라 차들이 별로 없었습니다."

"CCTV에도 안 잡혔습니까?"

임 형사는 얼굴을 찡그리며 대답했다.

"인적 드문 시골에 그런 게 있을 리 없잖아요. 불탄 차에서 지문이나 족적 같은 게 나올까 해서 과학수사대가 뒤져 봤는데 아무것도 안 나왔어요. 다음에 올 때 강도 살인을 저질렀던 전과자들 사진을 가져올 테니까 한번 봐주실 수 있겠습니까?"

"그렇게는 못 찾아요."

"왜요?"

"돈을 노리는 것 같지는 않았습니다."

유명우의 말에 임 형사가 고개를 저었다.

"사건이 벌어지기 한 시간 전쯤 죽은 고정욱 씨의 통장에서 수백만 원의 돈이 인출되었습니다. 현장에서는 발견되지 않았고요. 그 돈을 노리고 살인을 저질렀다가 선생님과 가족분들이 탄 차가 나타나니까 우발적으로 살인을 저지른 게 틀림없습니다."

임 형사는 확신에 찬 목소리로 말했지만 자신을 사냥꾼이라고 했던 살인자를 직접 코앞에서 마주한 유명우는 아니라는 생각밖에는 들지 않았다. 얼굴을 찡그린 그가 계속 다른 곳을 응시하자 코를 긁적거리던 임 형사가 말했다.

"아, 심한 충격을 받으신 건 알겠지만 이런 일은 전문가

한테 맡겨주십시오."

"단서도 못 찾지 않았습니까?"

유명우의 반박에 임 형사가 땅이 꺼져라 한숨을 쉬었다.

"TV 드라마에서는 금방 잡는 것처럼 보이지만 실제로 범인을 잡는 데는 시간이 많이 걸립니다. 특히 지금처럼 자취를 감춰버린 상황에서는 말이죠."

임 형사의 말이 마치 변명처럼 들려서 유명우는 기분이 좋지 않았다.

"벌건 대낮에 도로 한복판에서 세 명이나 죽였습니다. 어떻게 그런 얘기를 하실 수 있습니까?"

"아무튼 우리도 최선을 다하고 있습니다. 범인 얼굴이나 제대로 봤으면 모르겠지만 현장에 있는 누구도 얼굴을 기억하지 못해서 몽타주도 만들지 못하고 있어요."

유명우는 마스크와 모자에 가려진 범인의 얼굴을 조심스럽게 떠올려봤다. 마스크와 모자를 벗고 앞에 나타난다고 해도 못 알아볼 정도였다. 씨근덕거리는 숨소리가 기억났지만 그 정도 숨소리를 내는 사람은 주변에도 많은 편이었다. 눈빛만큼은 기억하지만 그 눈빛조차 감춘다면 방법이 없었다. 하지만 임 형사의 말은 유명우에게 마치 범인을 찾기조차 귀찮다는 것처럼 들렸다. 그러면서 아내와의 관계를 집요하게 캐묻는 것으로 넘어갔다. 보다 못한 의사가 치료를 해야 한다는 핑계로 임 형사를 내보냈다. 체온을 체크하던 의사가 뭔가 생각난 표정으로 얘기했다.

"참, 가방은 받으셨습니까?"

"무슨 가방이요?"

유명우의 반문에 의사가 혀를 찼다.

"원무과 직원한테 전해주라고 했는데."

의사의 표정을 살피던 유명우는 곧 무슨 가방인지 알아차렸다.

"아, 그 가방이요."

"네, 오실 때 품에 꼭 안고 있던 가방 말입니다. 원무과에서 보관 중인 걸로 알고 있는데 바로 가져다드리겠습니다."

문제의 가방은 한 시간쯤 후에 왔다. 범인이 타고 있던 차 뒷좌석에 있던 가방은 천으로 만든 평범한 서류 가방이었다. 어깨끈 부분이 뜯겨져 나간 것 외에는 별다른 이상한 점이 없었다. 아마 의식을 잃은 상태에서도 그 가방을 안고 있어서 병원에서는 그의 소지품으로 착각한 것 같았다. 가방은 뭔가 들어 있는 듯 살짝 묵직했다. 지퍼를 열자 오래된 책 한 권이 나왔다. 고서적 수집이 취미인 그는 대번에 뭔지 알아차렸다.

"《잃어진 진주》."

1924년 평안북도 정주 출신의 시인이자 번역가, 평론가

인 김억이 엮은 영국 시인 아서 시먼스가 쓴 시 중에서 약 60편을 뽑아서 수록한 시 모음집이었다. 평문관에서 나온 책으로 앞부분에 김소월의 시 〈금잔디〉와 〈진달래꽃〉을 소개하기도 했다. 코베이에서 관심 있게 들여다봤던 책이지만 가난한 유학생 신분으로는 엄두도 못 낼 가격이라 포기했던 책이었다.

'살인자는 나한테서 도로 빼앗으려고 했어.'

죽이려고 달려들던 살인자는 가방을 방패처럼 내세우자 어쩔 줄을 몰라했다. 정확하게는 가방 안에 든 이 고서적이 훼손될까 봐 그랬던 것이다. 거기까지 생각이 미치자 결론이 금방 튀어나왔다.

'나처럼 책을 좋아하는 놈이로군.'

왜 죽였는지는 모르겠지만 차에 있던 피살자도 인사동에서 고서적이랑 골동품을 취급했다고 들은 기억이 떠올랐다. 아마 책을 빼앗으려고 죽인 게 분명했다. 형사도 찾지 못한 범인에 대한 단서를 찾았다는 생각에 가슴이 두근거렸다.

'잘 뒤져보면 지문이 나올까?'

하지만 자신을 비롯해서 병원 원무과 직원의 지문이 잔뜩 묻어 있을 게 분명했다. 거기다 범인은 손에 목장갑을 끼고 있었다. 무엇보다 범인을 잡는 데 별로 관심이 없어 보이는 임 형사의 얼굴이 떠올랐다.

'차라리 이걸 가지고 내가 범인을 찾는 게 빠르겠어.'

얼굴이나 지문은 확인하지 못했지만 적어도 범인이 고서
적을 아낀다는 건 확실했다. 그런 취미는 가지기 어렵지만
버리기는 더더욱 어려웠다. 유명우만 해도 가난한 유학생
시절임에도 경매에 올라오는 고서적들을 여유가 되는 대
로 사들이곤 했다. 잔인하기 그지없는 살인마와 자신이 공
통점을 가지고 있다는 사실을 받아들이기 쉽지 않았다. 정
신없이 책을 넘기던 유명우는 중간 즈음에서 멈췄다. 책 사
이에 나방 같은 게 눌려져 있었다. 고서적을 수집하는 사람
이라면 책에 흠집 나는 걸 무엇보다 싫어했다. 그런데 어쩔
수 없는 것이 아닌 일부러 흠집을 냈다는 건 이해할 수가
없었다.

'그래서 살인자가 된 건가?'

멍하니 생각에 잠겨 있던 그는 문 열리는 소리에 퍼뜩 정
신을 차렸다. 들어선 사람은 처음 보는 얼굴이었다. 임 형
사를 비롯해서 조사를 하러 드나들던 형사나 경찰은 아니
었다. 가족과 경찰 외에는 면회가 금지된 상태인 것을 잘
아는 유명우는 낯선 방문객에게 물었다.

"누구십니까?"

땅딸막한 키에 덥수룩한 머리를 한 남자는 그에게 다가

오면서 속삭였다.

"유명우 씨 맞으시죠? 〈경민일보〉 손기수 기자입니다."

"기자요? 여긴 어떻게 들어오신 겁니까?"

"세상에는 뒷문이라는 게 있으니까요."

씩 웃은 그가 의자를 가져다가 침대 옆에 앉았다. 침대 머리맡에는 데스크의 간호사를 호출할 수 있는 버튼이 있었다. 그쪽으로 슬쩍 손을 뻗은 유명우에게 손기수 기자가 말했다.

"인터뷰를 좀 따려고 왔습니다."

"무슨 인터뷰를 말입니까?"

"워낙 엽기적인 살인 행각인데 경찰이 단서조차 못 잡은 상태라서요."

"전혀 못 찾은 겁니까?"

유명우의 물음에 손기수 기자가 고개를 끄덕였다.

"솔직히 말씀드리면 찾을 의지나 있는지 모르겠습니다. 현장 조사도 부실했고, 증거수집도 제대로 되고 있지 않습니다."

그의 시니컬한 말에 유명우는 겁이 났다. 아내와 딸을 죽인 범인이 이대로 흔적도 없이 사라져 버릴지도 모른다는 생각이 더욱 강하게 든 것이다. 그럴 수는 없다며 고개를 젓는 그에게 손기수 기자가 말했다.

"경찰 조사는 어땠습니까? 취재해보니까 경찰에서는 유 박사님을 용의자 중 하나로 보고 있던데요."

"뭐라고요? 목격자가 둘이나 있고, 제 몸에 상처도 있지 않습니까."

유명우의 얘기를 들은 손기수 기자가 이불에 감춰진 다리 부분을 보고는 마른침을 삼켰다.

"그렇긴 한데 범인을 찾지 못하니까 괜히 유 박사님을 끌어들이는 것 같습니다. 누군가를 고용해서 살인을 저지르고 혐의를 피하기 위해 일부러 차에 치인 것이라고 말입니다."

"말도 안 됩니다. 제가 왜 그런 짓을 저지릅니까?"

화가 난 유명우의 말에 손기수 기자가 눈빛을 반짝였다.

"혹시 조사 과정에서 그런 걸 느끼지는 못했나요?"

질문을 받은 순간 유명우는 기자의 의도를 바로 알아차렸다. 침대 머리맡에 있는 버튼에서 손을 뗀 유명우는 이불을 만지작거렸다.

"저와 아내와의 관계를 계속 물어봤습니다."

"왜 그런 거죠?"

"사고가 나기 직전까지 둘이 다퉜거든요."

"임 형사가 주변에 아내가 죽으면 남편이 범인일 수밖에 없다는 말을 하고 다녔다고 하더군요."

"저도 들었습니다. 아주 많이."

"저런, 많이 힘드셨겠네요."

턱없이 긴 한숨을 쉰 유명우는 손에 들고 있던 고서적을 내려다보면서 어떤 생각을 떠올렸다.

"이 책 때문에 그나마 위안을 삼을 수 있었습니다."

호기심 어린 눈빛을 반짝거린 손기수 기자가 물었다.

"오래되어 보이는 책이군요."

"1924년 평문사에서 발간한 《잃어진 진주》라는 시 모음집입니다. 역자인 김억이 김소월의 스승이라서 그의 시에 대한 애기를 앞부분에 평론으로 실어놨습니다."

"교과서에 나오는 그 김소월 맞습니까?"

손기수 기자가 신기하다는 말투로 묻자 유명우는 앞부분을 펼쳐서 보여줬다.

"물론이죠. 마침 이 책이 있어서 읽고 또 읽고 있습니다."

그의 애기를 들은 손기수 기자가 주머니에서 작은 카메라를 꺼냈다.

"혹시 한 장 찍어도 되겠습니까?"

"물론이죠."

유명우는 손기수 기자가 시키는 대로 《잃어진 진주》를 펼쳐놓고 읽는 척했다. 연신 사진을 찍는 소리를 들으면서 속으로 중얼거렸다.

'제발 범인이 이 기사를 봤으면 좋겠군.'

그 정도로 고서적을 좋아한다면 이 책을 마치 자기 것처럼 말하는 유명우의 모습에 분노를 품을 게 틀림없었다. 차가운 감정이 소용돌이치는 듯한 살인자의 눈빛을 코앞에서 봤던 그는 두려움을 느꼈지만 곧 차분해졌다.

'싸우면 되는 거니까, 싸워서 이기고 말 거야.'

때마침 들어온 간호사에게 쫓겨날 때까지 손기수 기자는 여러 컷의 사진을 찍었다. 간호사에게 끌려 나간 손기수 기자가 잘 있으라는 듯 손을 흔들었다.

다음 날, 〈경민일보〉에는 병원 침대에 누워서 《잃어진 진주》를 읽고 있는 유명우의 사진이 기사와 함께 실렸다. 용의자가 따로 있음에도 무능한 경찰이 유일한 생존자인 남편을 의심하고 괴롭힌다는 것이 골자였다. 거기다 담당 의사의 멘트를 어떻게 땄는지 경찰이 환자를 자꾸 찾아와서 진료에 차질을 빚고 있다는 내용까지 덧붙였다. 언론의 힘은 즉각 나타났다. 그동안 한 번도 얼굴을 비치지 않았던 형사과장이라는 사람이 찾아와서는 미안하다고 사과한 것이다. 유명우는 괜찮으니까 범인을 꼭 잡아달라고 말했다. 형사과장이 몇 번이고 알겠다고 했지만 그는 알 수 있었다.

'내가 직접 범인을 잡아야겠군.'

그렇게 고서적과 유명세를 향한 삶이 시작되었다. 사고가 나면서 생긴 동정 여론 덕분에 교수직을 그대로 따낼 수 있었던 것도 도움이 되었다. 그 후 15년간 그는 교수라는 타이틀을 이용해서 방송에 이리저리 얼굴을 비췄다. 유명세에 목을 맨다는 손가락질을 받았지만 세상 속에 숨어 있을 범인을 끌어내기 위한 몸부림이었다. 오랜 시간이 지났지만 그는 알고 있었다.

"나를 계속 지켜보고 있는 중이라는 거 말이야."

범인은 책에 관한 엄청난 집착을 보여줬고, 이런 취향은 세월의 흐름 따위로 감춰지거나 사라지지 않을 것이다. 그래서 유명우 교수는 고서적을 들고 TV에 출연하기 시작했다. 겉멋이 들었다는 둥 교수가 방송 출연에만 혈안이 되었다는 둥 비난이 쏟아졌지만 개의치 않았다. TV를 통해 자신을 보고 있을 사냥꾼만 생각했다. 자신이 TV에 계속 나온다면 사냥꾼이 틀림없이 볼 것이기 때문이다. 그걸 이용해서 아내와 딸의 복수를 할 생각이었다. 오랫동안 꿈꿔왔던 그 시간이 이제 다가오고 있었다. 샤워기에서 쏟아지는 물줄기 아래에서 잔뜩 엉킨 실타래를 풀어내듯 과거를 회상하던 유명우 교수는 참았던 한숨과 눈물을 쏟았다. 15년 전의 일이지만 스위치를 누르면 켜지는 불처럼 선명하게 떠올랐고, 되새겨졌다. 그때마다 자신의 실수를 하나하나

곱씹었다. 아내와 딸의 말대로 총장의 고희연에 가지 않았
거나, 사고를 목격한 다음 차에서 내리지 않고 그대로 다른
길로 갔다면 지금까지 아내와 딸은 살아 있었을 것이고, 자
신의 두 다리도 멀쩡했을 것이다. 자신의 실수로 아내와 딸
을 잃었다는 사실을 기억해낸 유명우 교수는 주먹을 불끈
쥐고 자신의 머리를 연신 샌드백처럼 두들겼다. 몇 년 전의
실패 이후 살인자는 종적이 묘연했지만 이제 그를 확실히
끌어낼 수 있는 함정을 팠다.

'이제는 놓치지 않을 거야. 꼭 다시 만나자고.'

마지막으로 찬물을 뒤집어 쓴 그는 샤워기를 껐다. 그리고
15년 전 들었던 목소리를 떠올리며 중얼거렸다.

"사냥꾼."

3

기억하는
서점

며칠 후, 구파발역 근처 주택가에 기억 서점의 간판이 올라갔다. 몇 년 전부터 차근차근 준비해온 터라 은퇴선언 이후 곧바로 문을 열 수 있었다. 서점은 실타래 같은 골목길이 모이는 사거리 모퉁이에 세워졌다. 벽돌로 된 2층 건물은 원래 전파사와 분식집, 호프집이었으나 이번에 서점으로 탈바꿈했다. 서점 바로 옆에 차를 한두 대 주차할 수 있는 공간이 있다는 정도를 제외하고는 흔하게 볼 수 있는 건물이었다. 간판이 제대로 걸린 걸 확인한 유명우 교수는 휠체어를 끌고 서점 안으로 들어갔다. 앞뒤로 길쭉한 서점은 양쪽 벽은 물론 중간중간 격벽처럼 된 서고들이 있어서 마치 미로처럼 보였다. 격벽처럼 서 있는 서고에는 그가 수집한 고서적 중 비싼 것들이 두꺼운 유리 케이스 안에 들어 있었다. 위에서는 조명이 쏟아졌지만 책에 직접 쏘이는 것은 피했다. 양쪽 벽의 서고 역시 책들이 띄엄띄엄 꽂혀 있었다. 유명우 교수를 따라 들어온 기자가 질문을 던졌다.

"서점 이름이 왜 기억 서점입니까?"

휠체어를 한 바퀴 돌려서 기자를 마주한 유명우 교수가 차분하게 말했다.

"먼저 떠난 가족을 기억하기 위해서입니다."

"가족이라면?"

"15년 전의 그 사건으로 제 곁을 떠난 가족이요. 한순간도 잊어본 적이 없고, 앞으로도 잊을 일이 없을 겁니다. 귀국 후에 교수로 바로 임용이 되었는데 은퇴하면 가족끼리 시간을 보낼 수 있는 서점을 열자고 얘기하곤 했습니다. 주말마다 파리의 센 강 근처에 있는 셰익스피어 앤 컴퍼니라는 고서점에 가서 책을 읽곤 했거든요."

"앞으로 이 서점은 어떻게 운영하실 생각입니까?"

질문을 받은 유명우 교수는 서점 안에 진열된 고서적들을 곁눈질로 바라봤다. 방송 출연과 강연, 서적 출판으로 벌어들인 돈으로 사들였고, 한번 사들이면 누가 아무리 비싼 값을 불러도 되팔지 않았다. 그렇게 탐욕스러울 정도로 고서적을 모았던 그가 돌연 은퇴를 선언한 것도 모자라서 가지고 있던 것들을 되판다고 했으니 관심이 모일 수밖에 없었다. 잠깐 헛기침을 한 그가 말했다.

"안타깝긴 하지만 제가 저승에 갈 때 싸들고 갈 수는 없으니까요. 무덤에 함께 넣어달라고 유언으로 남겨볼까도 생각했지만, 저승으로 갈 때는 빈손으로 가야 홀가분하죠. 비싼 돈을 주고 책을 사 모으긴 했지만 방송에서 언급했다시피 제값을 다 받고 팔 생각은 전혀 없습니다."

"그럼 정말로 공짜로도 주실 생각인가요?"

질문을 한 기자가 웃었다. 유명우 교수는 장난스러운 표정을 지으며 손가락을 까닥거렸다.

"저를 설득한다면, 그러니까 이 책을 왜 자신이 가져야만 하는지에 대해 저를 설득한다면 공짜로 드릴 수도 있겠죠."

"왜 그런 생각을 하신 겁니까?"

"고서적은 오래된 책을 의미합니다. 사실 대부분의 고서적은 처음부터 비싸거나 희귀하진 않았습니다. 세월이 흐르고 책들이 하나둘 사라지면서 가격이 오른 것뿐이죠. 저는 비싼 돈을 주고 책을 사면 겁이 나서 읽지를 못합니다. 그게 책이 가지는 본질은 아니라고 생각합니다. 책은 한 장 한 장 넘기면서 읽어야 합니다. 비싸기 때문에 제대로 페이지를 넘기지 못한다면 그건 책에게도 크나큰 모욕이죠. 책은 읽혀야 하고, 애정을 듬뿍 받아야만 합니다. 얼마라는 값어치가 매겨져서 금고에 들어가거나 전시품이 되어서는 안 됩니다."

두 손을 펼쳐 든 채 얘기하던 유명우 교수는 기자의 반응을 살핀 후에 한 마디 던졌다.

"따라서 저는 책이 꼭 필요하다고 생각되는 사람이 있다면 선물로 넘겨줄 생각입니다. 다만, 저를 설득한 이후의 일이겠죠."

"책을 무료로 주면 서점은 어떻게 유지하실 겁니까? 이제 TV 출연도 안 하시잖아요."

"이 건물이 다 내 거라서 괜찮습니다."

어깨를 으쓱거린 유명우 교수의 대답에 기자가 크게 웃었다.

"조물주 위의 갓물주셨군요. 진열한 책 좀 소개해주실 수 있나요?"

"물론이죠."

유명우 교수는 휠체어를 밀면서 격벽처럼 서 있는 서가는 물론 벽에 붙여 세워진 서가까지 돌면서 차분하게 책들을 소개했다. 그러자 기자가 물었다.

"여기 있는 책들이 전부인가요?"

"물론 아니죠."

"나머지는 어디 있는데요?"

"사실 제일 비싸고 가치 있는 건 진열을 안 했어요."

"대체 무슨 책이기에 꼭꼭 숨겨놓으신 건가요?"

기자의 질문에 유명우 교수는 의미심장한 미소를 지으며

갑자기 시를 읊었다.

    잔디. 잔디. 금잔디.

    심심산천에 붙는 불은
    가신 님 무덤가에 금잔디.

    봄이 왔네. 봄빛이 왔네.
    버드나무 끝에도 실가지에.

    봄빛이 왔네. 봄날이 왔네.
    심심산천에도 금잔디에.

　듣고 있던 기자가 어리둥절해했다. 방금 질문했던 기자
가 물었다.
　"누구 시인가요?"
　"김소월의 〈금잔디〉라는 시죠. 이 시가 실려 있는 책이 제
게는 가장 소중한 책입니다. 그래서 진열하지 않았습니다."
　설명을 들은 기자가 감탄사를 날렸다.
　"오! 멋지네요. 책 제목이라도 좀 알려주시죠."
　"1924년 평문사에서 나온 《잃어진 진주》라는 책입니다.

현재 국내에서는 저만 가지고 있는 고서적이죠."

"가격은 얼마입니까?"

"20년 전에 5백만 원을 주고 샀고, 지금은 그 열 배쯤 될 겁니다."

"우와! 진짜 비싸네요. 그렇게 비싼 책인데 진열도 안 했다면 판매를 하지 않으신다는 얘긴가요?"

"아뇨, 이 책이 왜 필요한지 저를 설득한다면 넘겨줄 생각입니다."

"공짜로요? 그래도 20년 전에 5백만 원이나 주고 사셨다면서요."

"책은 돈으로 따질 수 없는 가치가 있으니까요."

"어떤 방식으로 교수님을 설득해야 하나요?"

기자의 질문에 유명우 교수가 살짝 웃었다.

"서점은 예약제로 운영하려 합니다."

"예약제요?"

"보시다시피 서점이 그다지 크지 않은 편이라서요. 그리고 우리 서점에 있는 책들이 오가다가 들어와서 살 수 있는 것들은 아니잖아요."

"그렇긴 하죠. 예약제로 운영하는 서점이라니, 처음 들어봤습니다."

서점을 예약제로 운영하겠다는 것은 사냥꾼을 찾기 위한

결정이었다. 어떤 모습으로 나타날지 모르기 때문에 관찰할 시간이 필요했다. 지난 15년은 복수를 위한 물질적인 준비 외에도 마음의 준비를 할 시간이었다. 아내와 딸을 죽인 범인을 눈앞에서 보고도 평정심을 유지할 수 있는 냉철함을 길러야 했기 때문이다. 생각에 잠겨 있던 유명우 교수는 다른 책도 소개해달라는 기자의 질문에 휠체어를 밀기 시작했다. 그렇게 취재를 마친 기자들이 서점 안의 사진을 찍고는 돌아갔다. 기사가 나면 부디 15년 전 가족을 죽인 그 살인자가 보게 되기를 유명우 교수는 간절히 바랐다.

죽은 사냥감을 며칠에 걸쳐 해체한 사냥꾼은 살과 뼈를 조금씩 나눠서 으슥한 밤에 야산에 뿌리거나 하수도로 흘려보냈다. 항상 처리하기 곤란했던 머리는 해머가 달린 망치로 부숴버린 다음 쓰레기봉투에 조금씩 섞어서 버리거나 역시 뒷산에 뿌렸다. 찢어버린 옷들은 핏물을 깨끗이 지운 다음 멀리 차를 타고 가서 수거함에 버리거나 산에 파묻어버렸다. 뉴스에는 혼자 사는 29세 직장인 여성 이모 씨가 실종되어서 경찰이 수사에 나섰다는 소식이 짤막하게 나왔다. 죽은 여성의 주민등록증을 가지고 있던 사냥꾼은 그녀의 이름이 이혜림이고 본적이 창원이라는 사실도 이미 알고 있었다. 마지막으로 신성한 의식을 치르는 것처럼 환풍기를 켜고 가스레인지에 태워버렸다. 불길에 오그라든 주민등록증을 집게로 들어 쓰레기통에 넣는 것으로 모든 과정을 끝마쳤다. 납치를 하고 살인을 저지르면서 느꼈던 쾌감을 또다시 느끼고 싶었지만 경찰의 수사망을 피하기 위해서는 적어도 반년쯤 숨죽이고 지내야만 했다. 시신을 처리한 방의 문을 닫고, 샤워하기 전에 잠깐 인터넷을 볼 생각으로 모니터 앞에 앉은 사냥꾼은 유명우 교수에 관한 기사를 발견했다. 마우스를 움직여 클릭하자 어제 오픈한 그의 서점에 관한 내용이 보였다. 기사를 눈으로 훑다가 《잃어진 진주》를 언급하는 걸 보고는 피가 거꾸로 솟는 느낌이었다. '기억 서점'이라는 이름도 그렇고 그때 잃어버린 책에 들어간 김소월의 시를 읊은 것은 자신에게 보내는 메시지라는 걸 명백하게 알 수 있었다. 사냥꾼은 유명우 교수의 도전을 받아들이기로 결심했다.

5번 손님.

예약 방문 시간에서 1분쯤 지날 무렵 서점의 문 앞에 손님이 나타났다. 기억 서점을 방문하기 위해서는 홈페이지에서 미리 방문할 날짜와 시간을 예약해야 했다. 가족 동반을 제외하고는 혼자만 방문할 수 있었다. 그리고 예약한 신청자에게는 문자로 서점으로 들어올 수 있는 비밀번호가 전송되었다. 예약 방문과 시간제한에 대한 이야기가 알려지자 비난의 목소리가 있긴 했지만 유명우 교수는 무시했다. 어차피 목적이 따로 있었기 때문이다. 그렇게 찾아온 사람들을 한 명씩 관찰하면서 사냥꾼을 찾았다. CCTV를 통해 문 앞에 보이는 다섯 번째 예약 손님은 헌팅캡을 쓴 40대 초반으로 보이는 남성이었다. 15년 전 마주쳤던 사냥꾼이 20대 중반이었다면 대략 나이는 들어맞았다. 게다가 이상하게 눈빛이 낯익었다. 그날 마주쳤던 사냥꾼의 눈빛과 닮았다는 생각에 살짝 긴장되었다. 갈색 헌팅캡에 어두운색 셔츠 차림의 남자는 주변을 두리번거리면서 비밀번호를 눌렀다. 그가 들어서자 유명우 교수는 카운터 밖으로 나왔다. 휠체어 바퀴를 밀면서 앞으로 나온 유명우 교수는 5번 손님에게 가볍게 고개를 숙였다.

"기억 서점에 오신 걸 환영합니다."

"신기하네요. 이런 곳이 있다니."

위축된 표정으로 조심스럽게 다가온 남자가 가방 안에서 명함지갑을 꺼냈다. 짙은 구레나룻에 손 전체가 거친 것으로 봐서 사무실에서 일하는 직업은 아닌 것으로 보였다. 역시나 그가 건넨 명함에는 '목수 김성곤'이라고 적혀 있었다. 거친 나무의 질감이 느껴지는 명함을 살펴본 유명우 교수가 물었다.

"도편수시군요."

"아직 그 정도 수준은 아닙니다. IT업계에서 오랫동안 일하다가 대패를 잡은 지 이제 10년밖에 안 됐거든요."

"극과 극의 인생을 사시는군요. 재미있으신가요?"

"마누라한테 구박받고 자식한테 치이며 살고 있죠. 수입
이 반의반 토막이 났거든요."

"저런, 저랑 비슷하군요."

유명우 교수의 농담에 김성곤이 씩 웃으며 짧게 혀를 찼
다. 그리고 턱수염을 손으로 쓰다듬었다. 그의 미소가 그치
기를 기다린 유명우 교수가 물었다.

"어떤 책을 보러 오셨습니까?"

"홈페이지에 올라온 책들 중에 《조선의 맥박》이란 책이
있더군요."

"무애 양주동 선생의 책 말씀이시군요. 이쪽입니다."

유명우 교수는 벽 쪽의 서가로 그를 안내했다. 그리고 오
른쪽 측면의 서가 중앙으로 다가갔다. 유리 케이스 안에 진
열된 《조선의 맥박》은 누런색 표지에 가운데 '의'자를 제외
하고는 모두 한문으로 새겨져 있었다. 표지의 배경에는 조
선을 상징하는 탑과 성문, 배 같은 것들이 군데군데 그려져
있었다. 위아래로는 한글을 이용한 독특한 도안이 사선으
로 지나갔고, 중간에 치마를 입은 여성과 약간 체구가 작은
남성이 그려져 있었다. 서가로 다가간 유명우 교수가 뒤따
라온 김성곤에게 말했다.

"1932년 평양의 문예공론사에서 출간된 양주동 선생의 시집이죠. 국어학자로 잘 알려져 있지만 사실 시인이기도 하셨죠. 이건 그의 첫 번째 시집입니다."

짧막하게 설명한 유명우 교수는 김성곤이 책을 감상할 수 있도록 옆으로 비켜줬다. 유명우 교수가 비킨 자리에 선 김성곤은 한 손으로 수염을 만지작거리며 유리 케이스 안에 든 책을 빤히 들여다봤다. 유명우 교수는 그런 김성곤을 꼼꼼히 살폈다. 체격은 약간 작아 보였지만 직업 때문인지 다부져 보였다. 탁한 중저음은 15년 전에 자칭 사냥꾼의 카랑카랑한 목소리와는 사뭇 달랐지만 그동안 이런저런 이유로 목소리가 달라졌을 수도 있었다. 한참 동안 들여다보던 김성곤이 물었다.

"상태는 어떻습니까?"

"최상급입니다. 겉표지가 없긴 하지만 그 외에는 크게 파손된 부분이 없지요. 이 시집에는 양주동 선생이 1922년부터 10년 동안 쓴 시들과 번역 시 두 편이 실려 있습니다. 특별판으로 발행된 것으로 본문 앞 간지에 화가 임용진의 그림이 있어서 소장 가치가 더욱 높은 편입니다."

"1932년이면 〈문예공론〉을 한창 발행하실 때죠? 숭실전문학교 교수로 일하시면서요."

김성곤의 물음에 유명우 교수는 고개를 끄덕거렸다.

"맞습니다. 1928년, 26세의 나이로 와세다 대학 영문과를 졸업하고 바로 숭실전문학교 교수로 취임하셨죠. 그리고 다음 해인 1929년부터 〈문예공론〉을 발간합니다. 양주동 선생에 대해서 관심이 많으시군요."

"경주가 고향이라 향가에 관심이 많거든요. 그러다가 자연스럽게 접하게 되었습니다."

고향이 경주인 것치고는 완전히 서울 말투였다. 그리고 사냥꾼 역시 완벽한 서울 말투를 구사했었다. 무엇보다 눈빛이 비슷하다는 점이 그의 시선을 끌었다. 그런 유명우 교수의 눈치를 살핀 김성곤이 피식 웃었다.

"중학교를 졸업하자마자 서울로 올라왔습니다. 서울에서 더 오래 살았죠."

"그러셨군요. 저 책은 어떻게 알게 되셨습니까?"

"관심을 가지고 조사하다 보니까 시인이기도 했고 시집도 발간하셨다고 해서요. 사실 이 책은 예전부터 알고 있어서 이리저리 수소문하고 있는 중이었습니다."

"3년 전 경매에서 사들였습니다."

유명우 교수의 얘기를 들은 김성곤이 씁쓸한 표정을 지었다.

"그때 저도 경매에 참여했었죠. 하지만 가격이 워낙 높아서 제대로 입찰 경쟁을 하지도 못했습니다. 그때 구입하신

분이 교수님이셨죠?"

"그럴 겁니다. 이제 다시 사러 오신 건가요?"

"사실……."

짧게 대답하고 한숨을 쉰 김성곤이 유명우 교수를 바라봤다.

"그때보다 지금 주머니 사정이 더 나빠졌습니다."

"이런, 안타깝군요."

"아무리 열심히 일해도 벌이가 한정적이라서 말이죠. 그래서 구경이라도 하고 싶어서 찾아온 겁니다."

이야기는 차분하게 했지만 눈빛이 계속 요동치는 게 느껴졌다. 심리적으로 불안하거나 뭔가를 숨기고 다른 얘기를 할 때 흔히 볼 수 있는 눈빛이라서 유명우 교수는 흥미롭게 바라봤다.

"아직도 가지고 싶으시군요."

"솔직히 말씀드리면……."

잠시 주저하던 김성곤이 턱수염을 긁적거리며 유명우 교수와《조선의 맥박》을 번갈아 바라봤다.

"저 책을 저에게 선물하실 생각은 없으십니까?"

뜻밖의 얘기를 들은 유명우 교수가 슬쩍 웃었다.

"저도 아끼는 책이라서요. 왜 선물하라고 하시는 겁니까?"

"지식은 공유해야 합니다. 제가 저 책을 가진다면 사람들에게 열심히 소개하고 저 속에 담긴 정보를 세상에 알리는 데 노력할 겁니다. 그게 책의 본질 아니겠습니까?"

"책을 어떻게 읽느냐는 사람마다 다를 수 있다는 점은 인정합니다. 하지만 무턱대고 선물을 요청하는 건 좀 무례하다고 생각되는군요."

"기사에서는 분명 선물로 줄 수도 있다고 하셨는데요."

눈살을 찌푸린 김성곤에게 유명우 교수가 대답했다.

"물론이죠. 하지만 저를 설득하는 데 성공한다면, 이라는 전제조건이 붙었죠. 무턱대고 선물해달라는 건 설득이라고 볼 수 없지 않겠습니까?"

유명우 교수가 휠체어 손잡이에 팔을 올린 채 바라보자 김성곤이 어깨를 으쓱거렸다.

"모든 물건에는 주인이 있는 법이죠. 그게 꼭 돈으로 소유하는 걸 의미하지는 않는다고 봅니다."

"돈을 주고 물건을 사서 소유하는 건 인간의 오랜 관습입니다. 저도 그 관습을 충실히 따르기 위해서 상당히 많은 비용을 지급했고 말이죠."

휠체어를 움직여서 김성곤과 나란히 《조선의 맥박》 앞에 선 유명우 교수가 덧붙였다.

"그리고 그런 관습을 벗어나고자 하는 시도에 대해서는 법적인 제재와 처벌을 받게 됩니다."

"당신이 이 책을 가질 자격이 있다고 보십니까?"

위협적이고 도발적인 질문이었지만 유명우 교수는 여유롭게 대답했다.

"돈을 지불했고, 고서적에 깊은 애정을 가지고 있다면 만족스러운 답변이 되겠습니까?"

잠시 고민하던 김성곤이 고개를 저었다.

"아니요."

"안타깝지만 더 들려드릴 얘기는 없군요."

"저에게 책을 넘겨주십시오."

"비용을 지불하거나 아니면 저를 설득해주십시오. 둘 중 하나를 충족시킨다면 저 책의 주인이 되실 수 있습니다."

"저는 말주변이 없는 편이라서요. 어떻게 설득해야 할지 모르겠습니다."

김성곤의 대답에 유명우 교수는 그를 빤히 쳐다봤다. 자신을 도발하는 건지 솔직히 얘기하는 건지 알 수 없었다. 하지만 그냥 돌려보내기에는 살펴봐야 할 것들이 너무나 많았다.

"그럼 이렇게 하시죠."

휠체어를 뒤로 밀어서 그가 움직일 공간을 마련해준 유명우 교수가 말했다.

"시간이 날 때마다 이곳에 들르십시오."

"그러고요?"

"저와 얘기를 나누면서 서서히 설득해보는 겁니다. 어떻습니까?"

그의 제안에 턱수염을 긁적거리며 잠시 생각에 잠겨 있던 김성곤이 고개를 끄덕거렸다.

"알겠습니다. 불쑥 이렇게 찾아와서 이런 얘기를 해서 죄송합니다."

"이해합니다. 저도 고서적을 사고 싶은데 돈이 없어서 밤새 고민한 적이 많았거든요."

가볍게 인사를 몇 마디 더 나눈 김성곤이 돌아서서 밖으로 나갔다. 들어오면서 보여주었던 주저함과 머뭇거림은 보이지 않았다. 목적을 달성했기 때문인지 아니면 더 이상 감출 필요가 없어서인지 알 수 없었다. 유명우 교수는 그의 뒷모습을 말없이 바라봤다.

10번 손님인 조세준이 서점 앞에 도착하자 유명우 교수는 그가 여러모로 특이한 인물이라는 사실을 떠올렸다. 그는 신청서에 자신을 유튜버 겸 작가라고 소개했지만 뭔가 어설프고 감추고 있는 게 많은 것처럼 보였다. 책에는 별로 관심이 없어 보였고, 특별히 보고 싶은 고서적도 없어서 추천해달라고 적었다. 테 없는 안경을 쓰고 찢어진 청바지에 슬리퍼 차림인 그는 손에 짐벌을 끼운 휴대폰을 들고 있었다. 그걸 본 유명우 교수가 인터폰을 통해 말했다.

"촬영은 금지한다고 말씀드렸을 텐데요?"

"제 유튜브 조회 수 좋은데……."

미련을 버리지 못하는 듯한 그에게 유명우 교수가 딱 잘라 말했다.

"안 됩니다. 휴대폰을 짐벌에서 빼내서 주머니에 넣어주십시오."

조세준이 마지못한 표정으로 휴대폰을 빼내 주머니에 넣었다. 그걸 본 유명우 교수가 버튼을 눌러 문을 열어줬다. 유리문 안으로 들어온 조세준은 안쪽을 두리번거렸다. 사냥꾼과 키가 비슷했다. 물론 15년의 세월이 지나긴 했지만 어른이 된 이후에는 키가 자라지 않는다는 점을 고려하면 사냥꾼일 가능성이 있는 셈이다. 물론 체구가 조금 더 크고 어깨도 살짝 넓은 편이라 확신이 들지는 않았다. 휠체어를 타고 입구에 있는 그의 앞까지 다가간 유명우 교수가 말을 건넸다.

"기억 서점에 오신 걸 환영합니다. 유명우 교수입니다."

"조세준 작가라고 합니다. 유튜버도 같이 하고 있죠."

"채널 이름은 뭡니까?"

"'조 작가의 책과 범죄 이야기'입니다. 계속 죽을 쑤다가

지난번 화성연쇄살인 사건에 대해 다룬 후부터 조회 수가 좀 나오고 있습니다."

"추리소설가이신가요?"

"그냥 이것저것 다룹니다. 범죄에 관심이 많은 편이죠."

"두 개를 같이 하기 힘들지 않으신가요?"

유명우 교수의 물음에 조세준은 애매하게 웃었다.

"책이 안 팔린 지 오래돼서요. 물론, 교수님이 쓰신 책은 잘 팔렸습니다만, 그건 예외적인 경우죠."

유명우 교수는 한참 동안 조세준이 대답하는 모습을 바라봤다. 집중력이 부족한 듯 잠시도 가만있지 못하는 것처럼 보였다. 30대 초반 정도로, 나이로만 보면 사냥꾼이 아닐 가능성이 높았다. 하지만 신청서에는 이름과 목적, 휴대폰 번호를 제외한 개인정보를 적지 않기에 외모만으로 판단하기는 무척 어려웠다. 무엇보다 고서적을 별로 좋아하지 않는 것처럼 보이는 게 수상쩍었다. 자신이 사냥꾼이라는 걸 숨기기 위해 일부러 그런 모습을 보이는 것일 수도 있다는 생각에 유명우 교수는 그를 말없이 쳐다봤다. 하지만 조세준은 그런 시선을 전혀 눈치채지 못했는지 손바닥으로 바지를 초조한 듯 문지르며 서점 안을 서성거렸다. 유명우 교수가 물었다.

"특별히 찾는 책은 없다고 하셨죠?"

"뭐, 책에 대한 애착이 큰 편은 아니라서요. 솔직히 말씀 드리면 오래돼서 냄새도 나고 색깔도 변한 책을 몇백만 원, 몇천만 원 주고 산다는 게 잘 이해되지 않습니다."

"작가라고 하셔서 책을 좋아하실 줄 알았는데요."

"사실은……."

잠시 주저하던 그가 어색하게 웃었다.

"글 쓰는 걸 좋아하지 책 자체를 좋아하는 건 아닙니다. 요즘은 촬영하고 편집하는 것만 해도 벅찬 편입니다."

"그럴 수도 있죠. 그럼 제가 책을 추천해드릴까요?"

"이왕이면 싼 걸로 부탁드리겠습니다."

"이쪽으로 오십시오."

유명우 교수는 휠체어를 타고 왼쪽에 있는 서가 뒤쪽으로 향했다. 그곳에는 유리 케이스에 진열되진 않았지만 제법 많은 책들이 꽂혀 있었다. 휠체어를 옆으로 돌려서 서가에 바짝 붙은 유명우 교수는 손가락으로 책들을 하나하나 가리키다가 한 권을 뽑아 들었다.

"작가이시니 이 책이 적당하겠군요."

책을 건네받은 조세준이 안경을 고쳐 쓰면서 표지를 바라보았다.

"한문을 잘 몰라서요. 문학은 알아보겠네요."

"앞표지는 반대쪽입니다."

유명우 교수의 얘기에 책의 반대쪽을 돌려본 조세준이 중얼거렸다.

"뒤쪽인데 앞이라고요?"

"예전 책들은 지금이랑 읽는 방향이 반대였습니다. 글씨도 가로가 아니라 세로쓰기였죠."

유명우 교수의 설명을 들은 그가 책을 펼쳐보고는 놀란 표정을 지었다.

"진짜 그러네요."

"이 책은 문학사에서 발행한 잡지 〈문학〉의 창간호입니다. 발행 연도는 1966년 5월입니다."

"어휴, 50년이 훌쩍 지났군요."

조세준은 설명을 듣고 감탄하는 표정을 지었지만 별다르게 관심을 보이지는 않는 눈치였다. 그런 조세준의 속마음을 궁금해하면서 유명우 교수는 설명을 이어갔다.

"이 책에는 《광장》으로 유명한 최인훈 작가의 작품 〈서유기〉를 비롯해서 청록파를 대표하는 시인 박목월 등의 작품이 실려 있죠. 그리고 발병 이후 오랫동안 절필했던 허인훈 작가가 〈조사와 기러기〉라는 단편을 여기에 발표하면서 복귀합니다."

"아, 〈문학〉이라는 이름답게 문학사에서 중요한 위치를 차지하고 있군요."

떨떠름한 표정으로 봐서는 전혀 알아차리지 못한다는 것을 어렵지 않게 깨달은 유명우 교수는 조세준에게 책을 건네받아서 도로 꽂았다. 뒤늦게 조세준이 물었다.

"저 책은 얼마입니까?"

"30만 원입니다."

"정말요? 왜 이렇게 비싼가요?"

"창간호에 최인훈과 박목월의 작품이 실려 있으니까요."

미소를 지으며 대답한 유명우 교수가 서가를 바라보며 덧붙였다.

"다른 책을 보여드릴까요?"

"아뇨, 괜찮습니다."

딱 잘라 말한 조세준이 불안한 표정으로 서점 안팎을 살폈다. 뭔가 낌새를 챈 유명우 교수가 휠체어 바퀴를 굴려서 슬쩍 뒤로 물러났다.

"어렵게 예약까지 하시고 오셨는데 책에 관심이 없으시다니 이상하군요."

그러자 잠시 주저하던 조세준이 유명우 교수에게 불쑥 다가왔다. 놀란 유명우 교수가 눈을 부릅뜨고 보자 조세준이 주저하다가 입을 열었다.

"저는 사실 교수님에게 관심이 있습니다."

"그게 무슨 뜻입니까?"

"저랑 같이 책 한 권 쓰시죠. 공저로요."

예상 밖의 제안에 유명우 교수가 아무 말도 하지 않고 바라보자 조세준이 다급한 표정을 지었다.

"원래 5 대 5로 인세를 나눠야 하지만 제가 좀 양보할 수 있습니다."

"어떤 책을 쓰겠다는 말씀이십니까?"

"아무거나요. 고서적 관련 이야기도 좋습니다."

"당장은 책을 쓸 계획이 없습니다. 제안은 흥미롭지만 거절해야겠군요."

"사실은 15년 전 사건에 대해서도 궁금합니다. 범인이 잡히지 않은 미제사건에 관한 글을 쓰고 있거든요. 제 롤모델이 트루먼 카포티라서요."

유명우 교수는 조세준의 얘기를 듣고는 얼굴이 굳어졌다. 마치 어제 일처럼 생생하게 기억하는 비극을 단순히 책에 들어갈 소재로만 생각한다는 사실에 어처구니가 없었다. 하지만 조세준은 유명우 교수가 자신의 얘기에 관심을 보였다고 생각했는지 빠르게 말을 쏟아냈다.

"경찰의 초동수사 실패로 범인을 놓친 대표적인 사례였죠. 독자들은 분명 흥미로워할 겁니다."

얘기가 혹여 길어질까 우려한 유명우 교수는 딱 잘라 말했다.

"저는 흥미가 없습니다."

유명우 교수의 반응이 심상치 않다고 생각했는지 조세준은 바로 말을 바꿨다.

"뭐, 당장 진행할 생각은 없습니다. 생각이 바뀌시면 연락 주세요."

어영부영 말을 마친 조세준이 인사하고는 서점을 나갔다. 문이 닫히고 조세준이 사라지자 유명우 교수는 참았던 숨을 내쉬었다. 머리가 아파왔다. 불현듯 가족이 떠올랐기 때문이다. 당시의 일이 마치 어제 일처럼 생생하게 느껴졌다. 자신의 행동 때문이었다. 가족에게 좋게 얘기할 수도 있었는데 홧김에 버럭 소리를 지르고 짜증을 냈던 것이다. 좋게 차를 치워달라고 부탁했거나 아내 말대로 다른 곳으로 돌아갔다면 가족은 무사했을 것이고, 그자도 살인을 저지르지 않았을 수도 있다는 생각이 계속 들었다. 참을 수 없는 기억 때문에 머리가 아파진 유명우 교수는 카운터로 돌아와서 호출 버튼을 눌렀다. 자신이 자리를 비우거나 쉴 때를 대비해서 뽑아놓은 직원이 2층에서 대기 중이었다. 잠시 후, 계단을 내려오는 소리와 함께 직원이 내려왔다. 유리문을 연 유명우 교수가 들어서는 직원에게 말했다.

"잠깐 쉬고 올 테니까 서점 좀 봐주게."

"알겠습니다."

카운터로 들어서는 직원을 피해 옆으로 돌아서 서점을 나온 유명우 교수는 휠체어를 밀어 옆에 있는 문으로 향했다. 위로 올라가는 계단 옆에는 작은 엘리베이터가 있었다. 원래 없었는데 건물을 매입한 후 새로 설치한 것이었다. 휠체어를 뒤로 돌려서 다가가자 센서가 작동하면서 문이 열렸다. 안으로 들어간 유명우 교수는 낮게 설치되어 있는 버튼을 눌러서 2층으로 향했다. 2층 복도에서 제일 첫 번째 방이 그의 공간이었다. 안으로 들어간 유명우 교수는 문 옆에 있는 간이침대에 몸을 눕혔다. 깊이 생각해야 할 때면 그는 침대에 눕곤 했다. 한 손으로 눈을 가린 유명우 교수가 호흡을 가다듬으며 안정을 취하려고 노력했다. 30분 후에 다음 예약자가 방문하기 때문이었다. 신청서를 보고 뭔가 이상하다 싶으면 지금처럼 직접 만나서 얘기를 나눠봤다. 그중에 15년 전의 살인자가 있을지도 모르니까. 잠시 후 다시 휠체어에 몸을 실은 그는 엘리베이터를 타고 서점으로 내려갔다. 카운터에서 책을 읽던 직원이 고개를 들었다.

"벌써 내려오셨습니까?"

"잠깐 누웠더니 괜찮아졌어. 올라가서 쉬어."

책을 덮은 직원이 고개를 숙이고 뒷문으로 나갔다. 카운터에 다시금 휠체어를 밀어 넣은 유명우 교수는 숨을 고르면서 다음 손님을 기다렸다. 잠시 후, 인터폰 소리가 들렸다. 화면을 본 유명우 교수는 출입문 여는 버튼을 눌렀다.

　19번 손님도 여러모로 특이했다. 외모에서는 이상한 점이 보이지 않았다. 통통한 얼굴에 두툼한 목이 꽉 끼는 셔츠 차림을 하고, 역시 책에는 별다른 관심 없이 계속 주변을 두리번거리기만 했다. 살이 잔뜩 오른 뺨과 턱에 난 수염을 제대로 다듬지 않아서 눈에 띄었다. 책보다 서점 내부와 유명우 교수를 관찰하는 데 더 많은 시간을 소모했다. 나이는 대략 30대 후반에서 40대 초반으로 보였으므로, 일단 사냥꾼일 가능성이 있었다. 하지만 전체적으로 몸도 뚱뚱한 편이라 15년 전의 마르고 칼날 같던 사냥꾼과는 여러모로 이미지가 달랐다. 오랜 세월로 인해 외모가 변했을 수도 있을 터였다. 그러다가 문득 사냥꾼과 걸음걸이가 비슷하다는 걸 깨달았다. 살짝 팔자걸음처럼 움직이는 게 놀랍도록 똑같았다. 혹시나 하는 마음으로 바라보는데, 남자가 갑자기 바지 주머니에 손을 넣었다. 유명우 교수는 깜짝 놀랐다. 하지만 주머니에서 꺼낸 것은 막대기가 달린 사탕이었다. 부스럭거리며 껍질을 벗긴 남자가 사탕을 입에 문 채 유명우 교수를 쳐다보며 어색하게 웃었다. 유명우 교수가 다가가자 남자는 머쓱한 표정으로 뒤통수를 긁었다.
　"TV에서만 보다가 이렇게 직접 뵈니까 반갑습니다, 교수님."

"찾아와주셔서 감사합니다. 성함이?"

"김새벽이라고 합니다. 어머니가 새벽에 절 낳으셔서 그렇게 지었다고 하네요."

사람 좋은 너털웃음을 지은 김새벽은 기억 서점을 한번 쭉 돌아봤다. 숨소리가 살짝 쌕쌕거렸는데 호흡기가 좋지 않은 것 같았다.

"서점이 꽤 멋지네요."

"제 마지막 일터니까요."

"솔직히 진짜 서점을 여실 줄은 몰랐습니다."

"저는 약속을 지키는 사람입니다."

살짝 기분이 나빠진 유명우 교수의 목소리가 높아졌다. 하지만 눈치가 무딘 편인지 김새벽은 여전히 웃으며 기억 서점을 여기저기 살펴봤다. 보다 못한 유명우 교수가 단도직입적으로 물었다.

"어떤 책을 찾으십니까?"

"따로 찾는 건 없습니다. 그냥 구경 온 겁니다. 사실 돈도 없고요."

더 크게 웃는 김새벽의 모습에 유명우 교수는 살짝 헷갈렸다. 오래된 서적만 취급하고 예약 방문만 가능해서 이곳을 찾는 사람들은 주머니 사정과 상관없이 책에 대한 애정과 지식을 가지고 있었다. 최소한 어떤 책을 좋아하는지에 대해서는 언급하곤 했다. 하지만 김새벽은 그냥 구경 왔다고만 말하는 게 아무래도 수상쩍었다. 사냥꾼이 변장을 하고 찾아왔다면 책을 좋아한다고 말할 리 없기 때문이다. 그런 유명우 교수의 속마음을 어느 정도 느꼈는지 김새벽의 표정이 살짝 굳어졌다.

"저, 적당한 책이 있으면 하나 추천해주십시오."

그러면서 재빨리 덧붙였다.

"싼 걸로요."

김새벽의 얘기를 들은 유명우 교수는 잠시 고민하다가 휠체어 바퀴를 밀어서 카운터 근처의 서가로 향했다. 그곳에 꽂혀 있는 여러 고서적들 중 하나를 뽑아서 김새벽에게 건네줬다. 단발머리 여성이 새침한 표정으로 바라보는 모습의 표지를 본 김새벽은 가격표부터 확인하려는지 책을 이리저리 살펴봤다. 그러다가 제목을 보고 중얼거렸다.

"소설 《아리랑》? 나운규의 영화가 소설로 나온 적이 있었던가요?"

"그 영화를 아십니까?"

"이것저것 관심이 많아서요."

얘기의 끝을 웃음으로 마무리 지은 김새벽이 책을 성의 없이 뒤적거렸다. 그걸 본 유명우 교수가 헛기침을 한 후에 설명을 시작했다.

"이 책은 1950년대 발간되면서 큰 인기를 끈 〈아리랑〉이라는 잡지의 임시 증간호입니다. 삼중당에서 인쇄를 한 겁니다."

"그렇게 잘 팔렸나요?"

"1955년 8월 창간호가 발간되었는데 3만 부 정도 판매되었다고 하네요. 그 이후에 판매부수가 차츰 늘어나서 한때는 8만 부까지 찍었다고 합니다."

"엄청나게 많이 팔렸네요."

눈이 휘둥그레진 김새벽이 책을 다시 펼쳤다가 목차를 더듬더듬 읽었다. 씨근덕거리는 숨소리가 아까보다 더 커진 게 느껴졌다.

"《인간의 조건》?"

"고미가와 준페이라는 일본 작가가 쓴 반전소설입니다. 1955년 일본에서 발표되었고, 1958년 영화화가 되면서 큰 인기를 끌었죠."

"그때 일본소설이 우리나라에 소개되었군요."

책장을 덮은 김새벽의 물음에 유명우 교수는 책을 돌려달라는 손짓을 하면서 대답했다.

"알음알음으로 소개되었습니다. 〈아리랑〉 임시증간호의 부제가 현대 일본 대표작가 20인집이니까요."

"신기하네요."

말은 그렇게 했지만 눈빛이나 몸짓은 딱히 관심이 있어 보이지 않았다. 거기다 가격조차 물어보지 않는 모습에 유명우 교수는 흥미와 짜증을 동시에 느꼈다.

"책 말고 다른 목적이 있어서 오신 겁니까?"

"그냥 좀 궁금해서요. 사실 저는 책에 관심이 별로 없습니다."

"그런데도 굳이 예약을 하고 여기를 찾아오셨군요."

왜 그랬는지는 따로 묻지 않았지만 대답을 듣고 싶다는 눈빛을 보냈다. 갑자기 오른쪽 손바닥을 미친 듯이 긁던 김새벽이 그 손을 바지 자락에 문지르며 대답했다.

"호기심이 많아서요. 물론 이런 제가 마음에 안 드실 겁니다. 하지만 세상에는 책 말고도 관심을 가질 만한 게 많거든요."

"그런데 여길 오신 이유가 궁금하네요."

"교수님을 뵙고 싶었습니다. 직접."

김새벽의 대답에 유명우 교수는 살짝 긴장했다.

"무슨 이유로요?"

"저도 프랑스 유학을 갔었거든요. 아주 잠깐이지만."

"아, 어디로 가셨나요?"

"파리였죠. 정식 유학은 아니고 어학 연수원을 다니다가 돌아왔습니다. 사실 가고 싶지 않았는데 어머니가 하도 가라고 성화셔서."

김새벽은 말을 끝맺지 못하고 어물쩍거리며 넘어갔다. 뭔가 콤플렉스가 있는 것 같다는 느낌이 들었다. 사냥꾼에 어울리지 않는 모습이었다. 하지만 15년은 사람이 변하기에 충분한 시간이었다.

"어머니는 항상 교수님 같은 사람이 되어야 한다고 하셨어요. 힘들고 어려워도 포기하지 않아야 하고, 항상 자신감 있게 행동해야 한다고 말이죠. 저에게는 항상 그게 부족하다고 하셨거든요."

뭔가 사연이 있는 것 같았지만 더 묻기가 애매했다. 주섬주섬 얘기를 시작하면 정말로 이야기가 산으로 갈 수도 있었다. 그리고 그가 관심 있었던 것은 오직 김새벽이라는 사람이 15년 전 자신의 가족을 죽인 사냥꾼인지 아닌지뿐이었다. 횡설수설하는 김새벽의 모습은 그런 의구심을 더욱 키웠다. 아무것도 모르는 척하고 관심이 없다고 했지만 그거야 얼마든지 거짓말할 수 있는 문제였고, 그 정도는 예측할 수 있었다. 사냥꾼이 바보가 아니라면 예전처럼 광적으로 책을 좋아하는 모습을 보여줄 리 없기 때문이다. 김새벽은 자신을 바라보는 유명우 교수의 눈길이 부담스러웠는지 슬쩍 옆으로 돌아서며 말했다.

"책 잘 봤습니다."

돌아서서 나가려는 그에게 유명우 교수가 말을 건넸다.

"앞으로 종종 놀러 오십시오."

"책을 별로 좋아하지 않아서요. 또 올지 모르겠네요."

머쓱하게 웃는 김새벽의 얼굴엔 알 수 없는 반가움이 깃들어 있었다. 유명우 교수는 휠체어 바퀴를 밀어서 그의 앞으로 바짝 다가갔다.

"세상의 모든 일에는 처음이라는 게 있는 법이니까요. 다음에는 예약하지 않고 오셔도 됩니다."

"오면 뭐 재미있는 일이 있을까요?"

보통은 예의상 고맙다는 말을 하는데 김새벽은 손톱까지 물어뜯으면서 불안함과 초조함을 드러냈다. 그런 모습이 더 미심쩍어진 유명우 교수는 두 손을 펼쳐서 환영한다는 손짓을 취하며 말했다.

"흥미로워하실 얘기들을 들려드리죠. 책도 구경시켜드리고 말입니다."

"알겠습니다."

의외로 선선히 대답한 김새벽이 입구를 힐끔거렸다. 잘가라는 인사를 한 유명우 교수가 카운터 쪽으로 휠체어를 돌렸다.

김새벽이 어정쩡하게 인사를 하고 돌아간 후 유명우 교수는 20번 손님을 기다렸다. 특이하게도 아버지와 아들이 함께 방문하겠다고 했다. 10분 후 약속 시간이 되자, 키가 크고 쾌활해 보이는 40대 초반의 아버지와 수줍고 겁이 많아 보이는 대여섯 살 정도 되는 아들이 기억 서점의 문 앞에 나타났다. 문이 열리는 버튼을 누른 유명우 교수가 휠체어를 밀고 카운터 밖으로 나가서 맞이하자 하얀 바지를 입은 아버지가 환하게 웃으며 아들을 내려다봤다. 노란색 셔츠에 멜빵바지를 입은 아들은 잔뜩 주눅이 든 표정으로 유명우 교수를 바라봤다. 아버지가 그런 아들의 손을 끌고 유명우 교수에게 다가왔다.

"용준아, 아빠가 어른을 보면 뭐라고 했지?"

"이, 인사요."

더듬거리며 인사를 한 용준이가 어색하게 고개를 숙이자 아버지가 너털웃음을 지었다.

"얘가 아직 어려서요."

"그럴 수도 있죠. 기억 서점에 오신 것을 환영합니다."

"진짜 서점을 여셨네요. 참, 제 이름은 오형식입니다. 오형제 아니고 오형식이요."

맥없이 웃는 오형식의 농담에 유명우 교수는 소리 없이 웃어주면서 속으로 앞선 사람과 캐릭터가 겹친다고 투덜거렸다. 하지만 어쨌든 손님이기 때문에 웃으며 대답했다.

"진즉부터 준비하고 있었습니다. 방송은 저랑 안 맞더라고요."

"그랬군요. 교수님께서 방송에 처음 나오셨을 때부터 팬이었습니다. 〈책 공화국〉이었나요?"

틀리긴 했지만 딱히 그걸로 말을 더 하고 싶진 않았기 때문에 대충 고개를 끄덕거렸다. 그렇게 인사를 나눈 오형식은 어정쩡하게 책이 전시된 벽 쪽을 바라봤다. 아들은 벌써부터 지치고 지루한 표정을 짓고 있어서 누구 때문에 여기 왔는지 명확하게 알 수 있었다. 가볍게 헛기침을 한 유명우 교수는 오형식에게 물었다.

"어떤 책을 보러 오셨나요?"

질문을 받은 오형식이 축 늘어진 채 서 있는 아들을 내려다보며 말했다.

"아이랑 같이 볼 만한 고서적이 있을까요?"

"아드님이 책을 좋아하나요?"

유명우 교수의 기습적인 질문에 오형식이 흠칫했다.

"무, 물론이죠."

아버지의 시선이 꽂히자 고개를 숙이고 있던 아들 용준이가 반사적으로 대답했다.

"조, 좋아해요."

유명우 교수는 용준이의 눈빛에서 색다른 두려움을 읽어
내고는 고개를 갸웃거렸다. 자식들은 부모를 무서워하지만
대개는 잔소리와 꾸지람에서 비롯된 것이다. 하지만 용준
이의 눈빛에서는 그 밖의 다른 것들로 인한 두려움이 읽혔
다. 유명우 교수는 자신이 뭔가 눈치챘다는 것을 들키지 않
기 위해 재빨리 용준이의 아버지 오형식에게 말을 걸었다.

"아이들이야 책보다 게임이나 인터넷을 더 좋아하니까
요. 제가 책을 한 권 추천해드릴까요?"

"그래 주시면 영광이죠."

"아이가 좋아할 만한 책이라……."

휠체어를 밀어서 아이에게 다가간 유명우 교수가 다정하
게 말했다.

"만화책 좋아하니?"

이번에도 아이는 아버지의 눈치를 살피는 것으로 대답
을 대신했다. 유명우 교수가 괜찮다는 표정을 지으며 손을
뻗어 팔을 잡으려고 하자 흠칫 놀라서 아버지 뒤로 숨었다.
그걸 본 오형식이 쓴웃음을 지었다.

"아이고, 이 녀석이 오늘 왜 이러냐?"

그러자 아이는 완전히 아버지 뒤에 숨은 채 겁을 집어먹
었다. 그러자 오형식이 아들을 거칠게 앞으로 떠밀었다.

"유명한 분 앞에서 이게 무슨 짓이야?"

분위기가 갑자기 싸늘해지면서 아이가 당장이라도 울 것 같은 표정을 지었다. 그러자 오형식이 눈을 부릅뜨며 울지 말라고 윽박질렀고, 아이는 눈물을 삼켰다. 아이가 눈물을 보이는 바람에 놀란 유명우 교수가 오형식을 바라봤다. 그러자 오형식이 너털웃음을 지었다.

"우리 애가 낯을 많이 가리지만 아빠 말은 잘 듣습니다. 요즘 애들 같지 않게 착하거든요."

오형식의 얘기를 듣던 유명우 교수는 만약 사냥꾼에게 아들이 생겼다면 이런 식으로 통제할 거라는 느낌을 받았다. 하지만 좀 더 관찰하기 위해 의심을 감추고 일단 책을 소개해주기로 했다. 벽면 쪽으로 휠체어를 민 유명우 교수가 주섬주섬 다가오는 용준이에게 책을 가리키며 말했다.

"만화책 좋아하니?"

용준이가 어정쩡하게 고개를 끄덕거리며 뒤에 서 있는 아버지를 바라봤다. 계속 신경이 쓰인 유명우 교수는 가볍게 헛기침을 하며 책을 뽑아서 아이에게 보여줬다. 연두색 옷에 검은색 장화를 신고, 하얀색 두건과 검은색 눈가리개를 한 주인공이 바다를 등진 채 서 있는 만화책의 표지를 본 아이가 처음으로 입을 열었다.

"배트맨같이 생겼어요."

"실제로 배트맨의 영향을 받은 것 같단다. 배트맨이 까메

오로 출연하니까."

"정말이요?"

눈빛을 반짝거리는 용준이에게 유명우 교수가 웃으며 말했다.

"주인공 머리에 쓴 하얀색 두건에 'ㄹ'이라고 적혀 있는 거 보이지?"

"네."

"주인공 이름이 라이파이라서 그렇게 넣은 거란다. 정식 제목은 《십자성의 신비와 라이파이》지."

"그럼 슈퍼 히어로인가요?"

"맞아. 우리나라 만화에서는 최초로 등장하는 슈퍼 히어로라고 할 수 있지. 먼 미래에 주인공 라이파이가 부모를 잃고 과학자의 손에 키워졌는데 그 과학자마저 세계 정복을 노리는 악당 집단인 Z단의 손에 목숨을 잃자 복수를 결심하고 태백산의 비밀 기지에서 각종 무기들과 장비들을 이용해서 적과 싸운다는 내용이지."

"우와, 완전 멋있겠어요."

용준이가 눈빛을 반짝거리며 말하자 유명우 교수가 만화책을 차르륵 펼쳐 보였다.

"하늘을 날 수 있는 제트팩이나 레이저 광선총 같은 게 등장하지. 거기다 타고 다니는 제비호는 전 세계에서 가장 빠른 비행기이고 말이야."

유명우 교수의 설명에 용준이가 빠져들고 있는 걸 본 아버지 오형식이 슬쩍 끼어들었다.

"꽤 오래되어 보이는데 언제 나온 겁니까?"

"1959년에 발간된 겁니다. 총 4부 32권이 나왔죠."

"엄청 오래되었네요?"

"그 시기에 이런 만화책이 나올 수 있었다는 건 기적이나 다름없습니다. 저자인 김산호는 이후 미국으로 이민을 갔고, 그 이후에는 〈라이파이〉 같은 SF 만화의 맥이 끊겼죠."

"만화책이 아니라 문화재네요."

"2003년 즈음 부천 만화정보센터에서 시리즈 중 일부를 복각본으로 만들었습니다만, 그것도 1,000부 정도라서 구하기 어렵습니다."

"이건 원본이라 더 귀하겠는걸요?"

오형식의 말에 고개를 끄덕거린 유명우 교수가 〈라이파이〉 만화책을 바라보면서 대답했다.

"1970년대와 1980년대에는 만화가 유해하다는 인식 때문에 어린이날만 되면 불태워지기 일쑤였죠. 그래서 엄청난 인기를 끌었음에도 시리즈 전체를 통틀어서 10권 정도밖에 안 남아 있어요."

"아이고, 가격도 어마어마하겠네요."

난처한 표정을 짓는 오형식에게 유명우 교수가 잠시 뜸을 들였다가 입을 다문 채 서 있는 용준이를 바라봤다.

"이렇게 하면 어떨까요? 앞으로 자주 찾아와서 저와 얘기를 나누시죠. 그럼 제가 판단해서 합리적이다 싶은 가격에 이 책을 판매하겠습니다."

"좋습니다. 집이 가까워서 자주 올 수 있을 것 같네요."

오형식이 흥미로운 표정을 지으며 대답하고는 아들을 내려다봤다. 아버지의 시선이 내리꽂히자 반사적으로 움찔한 용준이는 고개를 끄덕거렸다. 그걸 본 오형식이 뒷덜미를 손으로 잡으며 말했다.

"말로 하라고 했지. 강아지처럼 왜 고개를 끄덕이는데?"

"알겠습니다."

아들의 대답을 들은 오형식이 뒷덜미를 잡았던 손을 놓으면서 말했다.

"아들을 좋게 봐주셔서 고맙습니다. 쑥스러움을 많이 타서 그렇지 공부도 잘하고 말도 잘 듣는 아이입니다."

"그래 보이는군요."

그 후로도 오형식은 용준이의 자랑을 늘어놓았다. 하지만 유명우 교수는 용준이의 눈빛이 파도처럼 흔들리고 있다는 걸 눈치챘다. 얘기를 마친 오형식은 아들의 머리를 다정하게 쓰다듬으며 돌아가자고 말했다. 기계적으로 인사를 한 용준이에게 잘 가라는 말을 남긴 유명우 교수는 아버지 오형식과도 인사를 나눴다. 다정해 보이는 부자가 나가자 유명우 교수는 카운터로 가서 CCTV 모니터를 바라봤다. 정문뿐만 아니라 주변을 사각지대 없이 살펴볼 수 있도록 만들었기에 기억 서점을 나간 오형식과 그 아들을 어렵지 않게 찾을 수 있었다. 오형식은 아들을 데리고 큰길이 아닌 건물 옆 좁은 주차장 쪽으로 데리고 갔다. 뒤쪽과 옆쪽 모두 막혀 있어서 바깥에서는 잘 보이지 않았다. 그곳으로 아들을 데려간 오형식은 옆구리에 손을 댔다. 고개를 푹 숙인 용준이가 손을 바들바들 떨고 있는 게 보였다. 오형식은 카메라를 등지고 있어서 얼굴이 보이지 않았지만 맞은편에 있는 용준이 덕분에 어렵지 않게 확인할 수 있었다. 몇 마디 얘기를 한 오형식이 오른손을 들어 아들의 목덜미를 세게 내리쳤다.

'저런.'

지켜보고 있던 유명우 교수가 움찔할 정도로 용준이를 세게 때린 아버지가 분에 못 이겼는지 발을 동동 굴렀다. 그러자 용준이가 무릎을 꿇고 두 손을 맞대고는 싹싹 비는 게 보였다.

'요즘 저렇게 하는 부모가 있었나?'

고개를 갸웃거린 유명우 교수는 경찰에 신고하기 위해 휴대폰을 집었다가 곧 멈췄다.

'혹시 사냥꾼일까?'

15년의 세월이라면 결혼을 하고 가정을 꾸리기에 충분한 시간이었다. 너무 터무니없는 생각이라 잠시 헛웃음이 나왔지만 그 와중에도 의심의 끈은 사라지지 않았다.

'주변을 통제하려는 강박적인 모습이 영락없이 사냥꾼이기는 하지.'

아무렇지도 않게 살인을 저지르는 자가 가정을 꾸린다는 게 잘 이해되지 않았지만, 아직도 살인을 저지르고 다닌다는 조세준의 말이 사실이라면 용의선상에서 벗어나기 위해 가정을 만들었을 수도 있었다.

'거기다 책에 대해서는 관심이 없는 것처럼 굴다가 〈라이 파이〉에는 눈길을 주었군.'

책에 대한 광적인 집착을 숨기기 위해 모른 척하고 있다가 끼어들었을 수도 있고, 제대로 대답하지 못하는 아들에게 짜증을 내는 것 역시 책에 대한 집착을 드러낸 것일 수도 있었다. 유명우 교수가 이런저런 생각을 하며 지켜보는 사이, 오형식은 아들 용준이의 뺨을 아주 세게 때렸다. 그러고도 분이 풀리지 않았는지 맞고 나서 벌떡 일어난 아들에게 몇 차례 발길질을 했다. 쓰러진 아들에게 삿대질하던 오형식이 일어나라고 했는지 용준이가 벌떡 일어났다. 그 제야 분이 풀렸는지 오형식은 용준이를 어루만지고는 주머 니에 손을 찔러 넣고 큰길로 나와 주변을 두리번거렸다. 용 준이는 눈물을 훔치고는 슬금슬금 눈치를 보며 아버지를 따라갔다. 두 사람이 건물 모서리에 설치한 CCTV 너머로 사라지는 걸 본 유명우 교수는 만지작거리던 휴대폰을 카 운터에 신경질적으로 내려놨다.

4

과거

사냥꾼은 꿈에서 과거로 돌아갔다. 그가 사냥꾼으로 각성한 바로 그날이었다. 그의 가정은 더없이 불행했다. 어머니는 어릴 때 돌아가셨고, 아버지는 오직 술과 고서적을 모으는 것에만 집착했다. 할머니의 보살핌을 받긴 했지만 중학교 때 할머니마저 돌아가시면서 그는 철저하게 외로워졌다. 아버지는 집에 돌아와서도 고서적만 들여다봤고, 자식에게 무관심했기 때문이다. 그는 혼자인 게 싫어서 뒷산에 올라가 곤충이나 새를 잡으며 놀았다. 날개를 뜯거나 배를 가르기도 했다. 산에서 잡은 나방이나 잠자리는 아버지의 책 사이에 끼워 넣었다. 아버지의 관심을 끌고 싶었다. 하지만 아버지는 그걸 보고 불같이 화를 내며, 주먹과 허리띠로 마구 때렸다.

"이런 염병할 놈! 책에 사는 귀신이 잡아가서 천벌을 내려도 부족할 놈!"

"이건 제물이라고요. 책에 사는 귀신에게 바치는."

아버지의 관심을 끌기 위해 거짓말도 했다. 하지만 아버지는 더욱 화를 낼 뿐이었다.

"네까짓 놈이 책에 대해 뭘 안다고!"

《잃어진 진주》는 아버지가 가장 아끼는 책이자 그가 첫 번째 제물, 예쁜 나방을 바친 책이었다. 아버지는 나방을 떼어내면 책이 망가질 수도 있다면서 그대로 놔뒀다. 좀 더 나이를 먹어서는 집 없는 개나 길고양이를 잡아서 죽이기 시작했다. 처음에는 칼과 망치를 같이 썼다가 나중에는 망치만 사용했다. 머리가 부서지면서 확 뿌려지는 선혈, 몸부림을 치다가 축 늘어지는 짐승을 보며 그는 깨달았다. 죽음이 얼마나 매혹적이고 달콤한지 말이다. 그러던 어느 날, 아버지가 술을 잔뜩 마시고 집으로 돌아와서는 불같이 화를 냈다.

"너 때문에 책을 팔지 못하게 됐잖아."

고서점에 책을 팔러 갔다가 사냥꾼이 끼워 넣은 나방 때문에 헛걸음만 하게 된 것이다. 사냥꾼이 자라고, 아버지가 늙게 되면서 더 이상 매질은 없었지만 폭언은 여전했다. 하지만 사냥꾼은 아버지가 애지중지하던 《잃어진 진주》를 팔겠다고 나섰다는 사실에 충격을 받았다.

"어떻게 그 책을 팔 생각을 하셨어요? 책에 사는 귀신이 천벌이라도 내리면 어쩌시려고요?"

"그딴 건 없어, 이 멍청아!"

그가 몇 년간 믿어왔던 것을 비웃으며 아버지는 안방으로 건너갔다. 그리고 《잃어진 진주》를 서가에 꽂으려고 했다. 그러다가 균형을 잃고 비틀거렸고, 중심을 잡으려고 붙잡은 책장은 아버지의 무게를 견디지 못하고 앞으로 넘어졌다.

"어어—어!"

넘어진 책장과 뒤에 있던 책장 사이에 끼여버린 아버지는 고통을 호소했다.

"사, 살려줘. 제발 날 좀 꺼내다오."

하지만 배신감으로 충격에 빠져 있던 그는 아버지의 호소를 무시하고 소리를 질렀다.

"어떻게 그 책을 팔 수 있어요! 그 책이 어떤 책인데!"

"미안해, 안 팔게, 안 판다고."

아버지가 애원했지만 그는 싸늘한 눈으로 바라보다가 조용히 안방 문을 닫았다.

"안 돼! 가지 마!"

그는 문 앞에 쪼그리고 앉아서 새벽이 올 때까지 고통에 찬 아버지의 신음소리를 들었다. 사람의 생명이 꺼져가면서 내는 소리가 그에게는 세상에 없는 짜릿함을 안겨주었다. 그렇게 아버지가 사망하고, 보험금을 받고 집을 처분하자 가난했던 삶에도 숨통이 트였다. 아버지가 남긴 고서적은 제법 되었지만 팔 생각을 하지 않았다. 그제야 사냥꾼은 깨달았다. 자신 역시 아버지처럼 책을 사랑하게 되었다는 사실을 말이다. 그렇게 몇 달이 지나갔다. 그 사이, 살인에 대한 욕구는 더욱 강렬해졌다. 누굴 죽일까 고민하던 그는 한 명을 떠올렸다. 아버지가 종종 고서적을 사고팔던 인사동 서점 주인이었다. 아버지가 종종 책의 가치를 하나도 모르는 놈이라고 분노를 토하곤 했다. 《잃어진 진주》를 사려고 했다가 퇴짜를 놓은 것도 바로 그였다. 다행히 아버지가 남긴 수첩에는 고서적을 사고팔았던 것으로 보이는 인사동 서점 이름과 전화번호, 주인 이름이 적혀 있었다. 그중 한 군데에 밑줄과 별표가 그려져 있었다. 그 옆에는 작게 '사기꾼 같은 나쁜 놈'이라고 쓰여 있었다. 술에 취해서 쓴 것 같은 글씨를 보면서 사냥꾼은 첫 번째 사냥감을 결정했다.

"고정욱 씨, 조만간 봅시다."

사냥꾼은 다음 날, 공중전화로 가서 인사동에 있는 고정욱의 가게로 전화를 걸었다. 그리고 아버지가 남긴 고서적 중 《잃어진 진주》를 팔겠다고 했다. 그가 바친 첫 번째 제물이 있는 책. 하지만 어차피 진짜로 팔지는 않을 거라서 상관없었다.

"언제 겁니까?"

"1924년 평문사에서 발간된 겁니다. 김소월에 대한 글도 적혀 있어요."

"상태는 어떤가요?"

"앞뒤 표지가 없는 것 빼고는 괜찮습니다. 글씨도 읽어볼 수 있을 정도입니다."

잠시 주저하던 상대방은 얼마를 원하는지 물었다. 아버지의 어깨 너머로 고서적에 대한 지식을 쌓았던 그는 5백만 원을 불렀다. 고정욱은 비싸다며 3백만 원을 불렀지만 몇 차례 통화 끝에 4백만 원으로 합의를 봤다. 가게로 오라는 그에게 사냥꾼은 집이 멀다면서 신촌에서 만나자고 제안했다. 고정욱은 투덜거리면서도 알겠다고 했다. 커피숍에서 만나기로 한 사냥꾼은 그에게 보여줄 책과 렌치를 가방에 넣어서 집을 나섰다. 집에 굴러다니는 작은 칼도 한 자루 챙겼다. 만나기로 약속한 카페에 들어서서 잠시 기다리자 검은색 SM5가 도착했다. 차에서 내린 남성이 카페 안으로 들어와서 주변을 두리번거렸다. 그가 고정욱이라는 걸 직감한 사냥꾼은 손을 들어서 아는 체를 했다. 파마머리에 코가 빨간 그가 휘적휘적 걸어오더니 한마디 툭 던졌다.

"생각보다 어리네."

"아버지 심부름입니다. 몸이 편찮으셔서 병원비가 필요하거든요."

"딱하군. 책 좀 보여줘."

맞은편에 앉은 고정욱이 다리를 꼰 채 손을 내밀었다. 사냥꾼은 옆에 놔뒀던 가방에서 《잃어진 진주》를 꺼냈다. 같이 넣어둔 렌치가 딸려 나와서 하마터면 큰일날 뻔했지만 다행히 고정욱이 다가온 종업원에게 커피를 주문하느라 들키지 않았다. 책을 건네받은 고정욱은 이리저리 살폈다. 그 사이, 주문한 커피가 나왔지만 고정욱은 쳐다보지도 않았다.

실제로 카페에서 만나 책을 보여주자마자 고정욱은 트집을 잡기 시작했다.

"색이 너무 바랬잖아. 간지에도 낙서가 되어 있고. 여기 기름 같은 것도 묻었는데 이건 왜 얘기 안 했어?"

하지만 딴 생각을 하고 있던 사냥꾼은 잠자코 미안하다고만 했다. 어차피 넘길 생각은 없었다. 이런저런 트집을 다 잡고 나서 고정욱은 돈을 백만 원 깎아야겠다고 했다. 하지만 그것도 수긍하는 척했다.

"대신 현찰로 주세요."

"왜?"

"아버지 병원비랑 생활비 때문에요. 그러니까 책을 팔죠."

"하긴."

팔짱을 낀 채 고개를 끄덕거린 고정욱이 근처에 은행이 있으니까 가서 돈을 찾아오겠다고 말했다. 그가 막 일어나려고 하자 사냥꾼은 갑자기 생각났다는 듯 제안했다.

"집에 이런 책이 더 있습니다."

돌아서려던 고정욱이 흥미를 느꼈는지 곧바로 물었다.

"얼마나?"

"열 권쯤이요. 족보도 하나 있어요."

"어디 거?"

"양천 허씨 거요. 상태가 아주 좋아요."

잠깐 생각에 잠겼던 고정욱이 잠시 후 입을 열었다.

"볼 수 있어?"

"수원에 있는 집에 있어요. 오시면 보여드릴게요."

"수원이라……."

만약 고정욱이 거절하면 계획은 실패로 돌아가는 것이었다. 하지만 사냥꾼은 욕심 많은 고정욱이 낚일 것이라고 생각했다. 그의 예상대로 고정욱이 고개를 끄덕거렸다.

"내 차 있으니까 같이 타고 가면 되겠네. 잠깐 기다려."

"알겠습니다."

그가 나간 사이, 사냥꾼은 가방에서 렌치를 꺼내 점퍼 안주머니에 숨겼다. 움직일 때 조금 불편했지만 가방에서 꺼내는 것보다는 편할 것 같았다. 그리고 잠시 등받이에 기댄 채 눈을 감았다. 잠시 후, 문 열리는 소리와 함께 고정욱이 돌아왔다. 눈을 뜨자 은행 마크가 찍힌 두툼한 봉투를 점퍼 안주머니에 넣는 것이 보였다. 자리에 앉아서 커피를 한 모금 마신 고정욱이 일어났다. 그 모습을 본 사냥꾼도 따라 일어났다. 카페 밖에 세워진 SM5에 올라타자 고정욱이 집이 어디냐고 물었다. 사냥꾼은 안전벨트를 매면서 미리 외워둔 주소를 읊었다. 고정욱이 차를 출발시켰다.

서울을 벗어날 때까지 사냥꾼은 아무 말도 하지 않고 창밖만 바라봤다. 고정욱이 지루한지 말을 걸었다.

"고서적은 언제부터 모았어?"

"몰라요. 어릴 때부터 아빠가 모으는 거 봤어요."

"세상에 있는 취미 중에서 골동품 모으는 게 제일 골 때려. 돈은 돈대로 깨지지, 사람들한테 미친놈이라고 손가락질 받지, 업계에는 사기꾼 천지지."

당신도 그중 하나가 아니냐고 되묻고 싶었지만 귀찮아서 입을 다물었다. 그런데 갑자기 그가 샛길로 가겠다며 국도로 향했다.

"새로 개통한 도로라서 한적하지. 좀 돌아가긴 하겠지만 막히는 것보다는 나을 거야."

라디오에서는 장윤정의 〈어머나〉가 흘러나왔다. 콧노래로 따라 부르면서 핸들을 두드리던 고정욱이 뭔가 생각났다는 듯 물었다.

"뭘로 먹고살아?"

"졸업하고 쉬고 있습니다."

대충 둘러댄 말에 고정욱이 반응을 보였다.

"팔다리가 멀쩡하면 일을 해야지. 뭐가 피곤하다고 쉬어, 쉬기는."

그러면서 요즘 젊은이에 대한 비난으로 이어졌는데 꼭 자기한테 하는 말처럼 들려서 몹시 불편했다. 그래서 몸을 돌려서 그만하라고 말하려는 찰나, 점퍼 안에 넣어둔 렌치가 아래로 떨어졌다. 뭔가 쿵 소리를 내며 떨어지자 고정욱의 표정이 바뀌었다.

"뭐야? 뭐!"

사냥꾼은 손을 바닥으로 뻗어서 렌치를 집었다. 그리고 어린 시절 길고양이를 돌로 내리쳤던 것처럼 놀란 표정으로 자기를 바라보는 고정욱의 머리를 내리쳤다. 퍽하는 소리와 함께 피가 튀었고 차가 휘청거렸다. 살려달라는 말과 하지 말라는 말을 번갈아하던 고정욱은 점점 피로 물들었다. 결국 그가 핸들을 놓치면서 차는 때마침 들어선 터널 중간에서 벽과 충돌했다. 안전벨트를 매고 있어서 그나마 충격은 덜 했지만 생각보다 목이 뻐근했다. 벽과 충돌한 보닛이 찌그러진 채 연기를 뿜어내는 중이었다. 안전벨트를 푼 그는 먼저 고개를 떨군 채 피를 뚝뚝 흘리는 고정욱의 점퍼 안을 뒤적거렸다. 돈이 들어서 두툼해진 봉투를 꺼내 챙긴 사냥꾼은 다음에 할 일을 생각해봤다. 사고가 났으니 다른 차들이 발견하기 전에 챙길 걸 챙겨 자리를 떠야만 했다. 그런데 갑작스럽게 일을 저지르다 보니까 당황스러웠다.

'뭐부터 해야 하지?'

고민을 하던 그는 차 안으로 연기가 스며들어오자 렌치를 챙긴 다음, 삐걱거리는 조수석 문을 열고 황급히 밖으로 나왔다. 그리고 운전석 쪽으로 돌아가서 죽은 고정욱을 차 뒤쪽으로 넘겨서 눕혔다. 책을 넣은 가방이 고정욱의 발에 걸려 함께 넘어갔다. 그리고 연기를 내뿜는 보닛을 열었다. 일단 차를 고쳐서 현장을 빠져나갈 생각이었지만 차에 대해 별로 아는 게 없었고, 무엇보다 연기가 심하게 나서 잘 보이지도 않았다. 어쩔 줄 몰라 가만히 서 있는데 경적 소리가 들렸다. 고개를 들어보니 터널 입구에 흰색 뉴 EF 소나타가 서 있었다.

'아이, 씨.'

생각보다 빨리 방해자가 나타나자 두려움보다는 짜증이 났다. 몇 번 경적을 울린 차의 운전석에서 남자가 내렸다. 그리고 이쪽으로 성큼성큼 걸어왔다. 화가 잔뜩 난 표정으로 운전자는 삿대질을 하면서 차를 빼라고 소리쳤다. 사냥꾼은 렌치를 안 보이게 점퍼 안쪽으로 깊숙이 숨기면서 엔진룸을 보는 척했다. 아무것도 모르는 사냥감은 소리를 지르면서 다가오다가 운전석을 지나오며 뭔가를 봤는지 걸음을 멈췄다. 하지만 빠져나가기에는 너무 늦었다. 사냥꾼은 렌치를 이빨처럼 드러낸 채 그에게 다가갔다.

　사냥꾼의 꿈은 항상 거기까지였다. 그 이후에 벌어진 일들이 마음에 들지 않았기 때문이다.

　'그때 완전히 처리했어야 했는데.'

　비리비리해 보이고 짜증나게 굴어서 나중에 처리하려고 뒷좌석에 처박아놓은 게 실수였다. 책이 든 가방으로 막는 바람에 처리하지 못하고 머뭇거리는 사이 트럭이 도착해버린 것이다. 그놈의 차를 몰고 현장을 벗어나서 돌고 돌아 집으로 복귀한 후 뉴스를 보고서야 자신이 얼마나 운이 좋았는지 알게 됐다. 차에 불이 나면서 자신의 지문과 족적이 모두 사라졌고, 인적이 드문 국도라서 CCTV가 없어 추적이 안 된 것이다. 그날 이후 사냥꾼은 TV드라마와 각종 서적을 통해 자신이 무슨 실수를 했고 어떻게 하면 완전 범죄를 저지를 수 있는지 공부했다. 무엇보다 중요한 것은 사람들 눈에 띄면 안 된다는 것이었다. 일단 언론에 노출되는 순간, 경찰들이 전력을 다해 수사하게 될 것이 뻔했다. 그래서 그는 최소한 1년의 간격을 두고 살인을 저질렀다. 그리고 반지하에 공간을 마련한 이후부터는 시신도 직접 처리해서 흔적을 남기지 않았다. 유명우를 처리해야 했지만 너무 유명해져서 그가 지금까지 지켜온 살인 원칙을 지키려면 피해야 할 사냥감이었다. 하지만 위험을 무릅쓸 이유도 충분했다.

'15년 전에 빼앗긴 책을 되찾아야 하니까.'

실제로 유명우 교수가 운영하는 기억 서점에 다녀오기는 했다. 유 교수는 의심을 하는지 자신을 계속 관찰하며 이것저것 캐물었다. 하지만 15년 전과는 너무 달라졌기 때문에 확신을 가지지 못하는 것 같았다. 상대방이 나를 알아보지 못한다는 희열과 언제 들킬지 모른다는 두려움은 마치 아름다운 고서적의 다음 페이지를 넘기는 것 같은 기분을 선사했다.

'어차피 몇 년 잠수를 탈 생각이니까 그동안 유명우 교수랑 노는 것도 나쁘지 않겠지.'

유명우 교수가 차린 기억 서점은 너무나도 황홀했다. 고서적에서 나는 특유의 오래된 책 냄새와 오직 책들만 집중 조명되는 듯한 인테리어도 몹시 좋아 보였다. 물론 《잃어진 진주》를 되찾는 게 가장 중요한 일이었지만, 당분간은 정체를 숨긴 채 그곳에 드나들 생각이었다. 오래된 책을 보는 것은 살인 다음으로 큰 기쁨이었기 때문이다. 그러다 적당한 때가 오면 그 기회를 잡아채는 것도 나쁘지 않을 것 같았다.

'일단 만났는데 눈치도 못 채잖아.'

사냥꾼은 계속 의심의 눈초리를 보내지만 확신을 갖지 못하는 유명우 교수의 모습을 눈앞에서 보면서 자신감을 느꼈다. 계속 만날 생각을 하자 저절로 기분이 좋아진 사냥꾼은 콧노

래를 흥얼거렸다. 그러다가 갑자기 창 밖에서 비가 내리는 소
리를 들었다. 문을 연 사냥꾼은 삽시간에 어두워진 하늘과 흩
뿌려지는 비를 봤다. 아직 초저녁임에도 비가 한바탕 쏟아지자
거리는 한밤중처럼 어두웠다. 그 모습을 보고 사냥꾼은 고개를
옆으로 기울인 채 중얼거렸다.

"만나러 가기에 딱 좋은 날씨군."

원래 모든 걸 계획대로 하는 편이지만 지금은 그러고 싶지
않다는 충동이 더 컸다.

직원이 퇴근하겠다는 말을 남기고 기억 서점을 나갔다.
CCTV로 그가 문 밖으로 나가서 도로로 사라지는 모습을
보고 유명우 교수는 카운터 안쪽의 붉은 버튼을 눌렀다. 그
러자 닫힌 문 앞으로 철제 셔터가 내려왔다. 유리 자체도
강화유리지만 철제 셔터도 강철로 만들어서 트럭이 와서
부딪치는 정도가 아니라면 쉽게 뚫고 들어올 수 없었다. 사
냥꾼이 언제 다시 공격해올지 모른다는 생각에 그는 학교
와 방송사를 오갈 때에도 늘 경호원을 대동하고 다녔다. 다
행히 직접적인 공격은 없었지만 사냥꾼은 자신이 사냥에
실패했던 기억을 결코 잊지 않을 것이다. 카운터 아래 칸에
있는 노트북을 꺼낸 유명우 교수는 한숨을 쉬었다. 생각보
다 피곤하고 지쳤던 탓이다. 무엇보다 찾아오는 손님들 중

에 사냥꾼을 찾아야 한다는 강박관념 때문이었다.

'그래도 성과가 없지는 않았지.'

직접 만나본 손님 중에서 사냥꾼일 것 같은 사람들을 몇 명 추려내는 데 성공했다. 며칠 동안 고민하고 또 고민해서 뽑은 명단을 오늘 정리하기로 한 것이다. '아래한글'을 켠 유명우 교수는 빠른 속도로 타이핑을 했다.

가장 먼저 명단에 올라간 것은 5번 손님이었던 목수 김성곤이었다. 무애 양주동에 관한 애정과 책에 대한 관심을 아낌없이 드러냈으며, 고서적에 대한 지식도 상당한 수준이었다. 자신이 목수라고 말했지만, 책의 주인이라고도 당당하게 말할 정도로 살짝 맛이 가 있는 상태이기도 했다. 아내와 딸을 죽인 사냥꾼은 책에 대한 어마어마한 집착을 보여줬다. 그 덕분에 자신이 살아남을 수 있었다고 생각한 유명우 교수는 한숨을 쉬었다. 그때 사냥꾼이 책에 대해서 보여줬던 광기 어린 집념은 바로 어제 일인 것처럼 생생히 기억났다. 타이핑을 잠시 멈춘 유명우 교수가 중얼거렸다.

"사냥꾼이 그렇게 15년의 세월을 보냈다면 딱 김성곤처럼 굴었을 거야."

그가 사냥꾼일까, 라는 문장을 입력한 유명우 교수는 물음표를 넣었다가 바로 지웠다. 사냥꾼도 바보가 아닌 이상

129

기억 서점이 자신을 찾기 위해 만든 함정이라는 걸 모르지 않을 것이다. 그러니 누구나 예상할 수 있는 모습으로 등장하진 않을 것이었다. 물론 위장을 하거나 연기를 할 가능성도 살펴보았지만 도통 알 수가 없었다. 결국 목수를 자처하는 김성곤에 관한 내용들을 정리하면서 마지막에 자신의 복잡한 심경을 덧붙였다.

'그는 과연 사냥꾼의 얼굴 그대로 나타난 것일까? 아니면 가면을 쓰고 나타난 것일까?'

두려움과 복잡함이 섞인 한숨을 쉰 유명우 교수는 다음 용의자로 넘어갔다.

'10번 손님이었던 조세준이었지.'

뭔가 나사가 빠진 것 같다는 느낌에 나이가 다소 어리게 보인다는 점이 사냥꾼이 아니라는 쪽으로 무게를 얹어주었다. 하지만 대뜸 책을 같이 쓰자고 했던 점이나 지나치게 산만해 보였던 점은 의심스러웠다. 사이코패스가 마치 평범한 사람을 연기하는 것같이 느껴졌기 때문이다.

"그저 호기심 많은 사람일까? 아니면 사냥꾼일까?"

책에 대한 별다른 관심을 보이지 않았다는 점도 의심스러웠다. 일부러 감추는 것 같았기 때문이다. 하지만 단순히 유명해지기 위해 안달복달하는 사람일 수도 있었다. 예전부터 유 교수의 인기를 이용하려는 사람들이 적지 않았기 때문이다.

그다음은 19번 김새벽이었다. 여러모로 애매모호한 사람이었다. 노골적으로 책에 관심이 없는 것처럼 행동했지만 진심인지를 확인하기가 어려웠다. 책에 관심이 없다고 대놓고 말했지만 그게 진심인지도 여전히 헷갈렸다. 앞의 두 사람이 어느 정도 사냥꾼이라고 예측할 수 있는 범주였다면 김새벽은 정말 그것조차 판단하기 어려울 정도였다. 그럼에도 그를 명단에 넣은 것은 알 수 없는 어둠을 보는 것 같던 자신의 느낌 때문이었다. 느물거리는 느낌이었는데 그게 평소 성격인지 아니면 내면에 있는 뭔가를 감추기 위한 가면인지 알 수 없었다. 말이 많은 것도 그렇고, 후줄근한 모습이나 풍성한 몸매 역시 어딘가 어색해 보였다. 혹시 자신이 건네는 감시의 눈길을 피하기 위한 헝클어짐이 아닐까 하는 생각에 유명우 교수는 그를 사냥꾼 후보자 중 한 명으로 넣었다. 그리고 마지막 문구를 추가했다.

'그의 모습과 몸짓은 가면일까? 혹은 진실일까?'

마지막으로 20번 손님 오형식도 미심쩍었다. 가정을 꾸리고 아이가 있을 것이라고 생각해본 적은 없지만 아이에게 엄청난 폭력을 통해 통제를 가하고 있는 중이었다. 기분

나쁘다고 살인까지 불사할 정도의 사냥꾼이라면 분명 가족에게도 그런 식으로 대하고 있을 가능성이 높았다. 역시 책에는 별 관심이 없는 모습이었지만 알고 있는 것이 많아 보였다는 것도 사냥꾼일 가능성을 조금이나마 남겨놓았다. 고민하던 유명우 교수는 오형식에 관한 글 끝자락에 머리에 담아두고 있던 글을 썼다.

'사냥꾼은 과연 가정을 꾸렸을까?'

한숨을 쉬며 모니터를 바라보던 유명우 교수는 키보드에서 손을 떼며 생각에 잠겼다.

나머지 방문객들 중에 용의선상에 올릴 만한 사람들을 더 뽑아서 정리했지만 네 명이 가장 눈에 띄었다는 건 명백한 사실이었다. 껌뻑거리는 커서를 뚫어져라 바라보던 유명우 교수는 눈이 따가워서 질끈 감았다.

'그래도 여기까지 왔군.'

아내와 딸의 죽음 이후 지나간 15년의 세월이 눈앞을 스쳐지나갔다. 악착같이 교수 자리를 차지한 후에 인맥을 동원해서 방송에 나가기 시작했다. 무시를 당하거나 놀림을 받아도 모른 척했고, 눈에 띌 기회가 오면 놓치지 않고 나섰다. 학교에서는 총장의 똘마니라는 비난과 놀림까지 받아가며 교수 자리를 꽉 붙들었다. 가족을 죽인 사냥꾼이

TV를 틀면 자신을 볼 수 있도록 말이다.

'오늘을 위해서였지. 과연 성공일까 실패일까.'

하지만 마음 한구석에는 이미 사냥꾼이 다녀갔을 것이라는 생각이 깊숙이 자리 잡았다. 이제 이들 중에 사냥꾼을 골라내야만 했다.

'막막하긴 한데 15년 전보다는 낫군.'

깊은 한숨을 내쉰 유명우 교수는 두 손으로 얼굴을 감쌌다. 최근 들어서 금방 피곤해지곤 했다. 몸이 예전 같지 않다는 생각에 유명우 교수는 마음이 다급해졌다. 문서를 마무리 지으려고 하는 순간, 기억 서점의 문 앞으로 누군가 다가왔는지 감지기가 껌뻑거렸다.

'뭐지?'

놀란 유명우 교수가 CCTV 모니터를 바라봤다. 모자이크처럼 작은 화면으로 분할되어 기억 서점 주변을 비추고 있는 모니터 화면은 대부분 어두웠다.

'고장 난 건가?'

어두워지면 CCTV와 같이 설치한 작은 조명이 자동으로 켜지기 때문에 못 알아볼 정도는 아니었다. 하지만 화면은 마치 한밤중처럼 어두웠다. 고개를 갸웃거리던 유명우 교수는 밖에서 들리는 소리에 비로소 원인을 알아차렸다.

'비가 오고 있군.'

거센 빗줄기 때문에 주변이 잘 보이지 않았던 것이다. 예상치 못한 사실에 혀를 찬 유명우 교수는 감지기가 작동한 것도 비 때문이라고 생각하고는 한시름 놓았다. 그때 주차장 쪽을 비추던 CCTV가 갑자기 꺼졌다. 다른 CCTV를 바라보자 어두운 색의 점퍼에 후드를 뒤집어 쓴 괴한이 스프레이 같은 걸 CCTV 카메라 렌즈에 뿌리는 게 보였다. 삽시간에 모니터의 CCTV 화면이 어두워지는 걸 지켜본 유명우 교수는 저도 모르게 중얼거렸다.

'사냥꾼!'

예상했던 일이었다.

'역시 여기 왔던 적이 있었군.'

손님으로 가장해서 기억 서점 주변의 CCTV 위치를 확인한 것이 틀림없었다. 거기다 거센 빗줄기 때문에 가까이 접근해도 얼굴을 알아볼 수 없다는 점을 이용했다. 유명우 교수는 15년 동안 기다려왔던 사냥꾼이 폭우가 쏟아지는 한밤중에 불쑥 찾아왔다는 점에서 두려움을 느꼈다. 하지만 경찰에 신고하지는 않았다. 경찰이 나타나면 종적을 감출 게 뻔했고, 그러면 혹여 사냥꾼의 행방을 알 수 있는 단서를 놓칠 수도 있다는 생각이 든 것이다. 휴대폰을 챙긴 유명우 교수는 휠체어를 밀고 서점 한가운데로 나왔다. 출입문과 유리창은 앞문과 뒷문, 그리고 전면 유리창이 전부였다. 모두 방탄유리 수준의 강도였고, 철제 셔터 또한 내려져 있어서 쉽게 침입할 수는 없었다. 하지만 사냥꾼이 그 정도 예상도 안 하고 올 것 같지는 않았다. 무엇보다 CCTV가 가려져서 바깥 상태를 알 수 없다는 점이 답답했다. 휴대폰을 손에 쥔 채 눈을 감고 바깥에서 들려오는 소리에 집중하려고 노력했다. 그때 갑자기 휴대폰이 울렸다. 액정에는 발신번호 표시 제한이라는 글씨와 함께 번호가 떠야 할 곳에 무수한 X 표시가 보였다. 잠시 고민하던 그는 통화 버튼을 눌렀다. 혹시 몰라 녹음 버튼과 스피커 기능을 켜자 물이 흐르는 것 같은 빗줄기 소리가 들렸다.

"오랜만입니다."

음성 변조 장치 때문인지 목소리는 잔뜩 일그러졌지만 유명우 교수는 15년 전의 그날로 돌아갔다. 지지직거리는 전자음 너머로 15년 전의 섬뜩함이 고스란히 느껴졌다.

"그 사이에 엄청 유명해지셨네요. 이럴 줄 알았으면 사인이라도 받아둘 걸 그랬나 봐요."

"너 같은 놈한테는 사인 안 해줘."

"어허, 유명해졌다고 사람을 차별하다니, 그때나 지금이나 하나도 안 변했네."

요란하게 혀를 차는 소리가 들리자 유명우 교수는 목수라고 자처하던 김성곤을 떠올렸다. 애써 침착함을 유지한 유명우 교수가 물었다.

"15년 만에 무슨 일이야?"

"아씨, 예나 지금이나 여전히 반말이네. 사람이 변하나 싶었는데 말이야."

"너 같은 놈한테는 쌍욕도 아깝지."

"너무 잘난 체하는 거 아니야? 그거 때문에 가족도 잃었으면서 말이야."

사냥꾼의 얘기를 듣는 순간 머리를 바늘로 헤집는 듯한 고통이 느껴졌다. 하지만 이를 악물고 참았다.

"그럼 넌 가족이 있기나 해?"

"왜 없을 것 같아?"

마른침을 꿀꺽 삼킨 사냥꾼의 대답에 유명우 교수는 아들과 함께 왔던 오형식을 떠올렸다. 마치 자신에게도 가족이 있다는 것을 자랑하려는 듯하던 그의 모습을 떠올리며 유명우 교수는 잠자코 대꾸했다.

"없기를 바라지. 가족이 엄청 불행할 테니까."

"왜?"

"네가 수틀리면 사람을 죽인다는 걸 가족이 알아봐. 아! 모르겠지. 알면 같이 살지 못할 테니까 말이야."

유명우 교수의 얘기를 들은 서점 밖의 사냥꾼이 화가 났는지 씨근덕거렸다.

"날 우습게 보지 말라고. 난 사냥꾼이야. 15년 동안 한 번도 실패한 적이 없었지."

"기껏해야 길고양이 아니면 벌레나 죽였겠지. 발목이 아파서 사냥감이나 쫓을 수 있겠어?"

"그건 그냥 작은 상처였어. 살짝 긁힌 거 가지고. 그게 무슨 큰일이라고."

으르렁거리는 말투 사이로 씨근덕거리는 숨소리가 느껴졌다. 긴장하면 내는 숨소리 같았는데 15년 전 사냥꾼이 내뱉던 것과 비슷했다. 최근에도 들은 적이 있었는데, 생각해 보니 바로 김새벽이 내던 소리와 비슷했다. 밖에 있는 사냥꾼의 정체는 확실히 모르지만 최근 기억 서점을 오픈한 이후 찾아왔던 사람들 중에 한 명일지 모른다는 추측이 확신으로 바뀌었다. CCTV의 위치를 알아차린 것도 그렇고, 목소리까지 변조했기 때문이다. 만약 만난 적이 없다면 굳이 목소리를 감출 필요가 없었다는 생각이 든 것이다. 머리가 복잡해진 유명우 교수는 뒤쪽에서 미세하게 들리는 소리에 퍼뜩 정신을 차렸다. 카운터 뒤쪽에 있는 뒷문에서 나는 소리였다. 찜찜한 생각에 막아버리고 싶었지만 건축법상 문제가 될 수도 있다는 말에 철문으로 교체하고, 안쪽에서 잠글 수 있도록 개조했다. 철문에 사람 얼굴 크기의 작은 창이 나 있는데 어차피 사람이 들어올 수 있는 크기도 아니고 쇠창살도 쳐진 상태라 그냥 방치해놓고 있었다. 소리는 그곳에서 들려왔다. 드릴 같은 것으로 철문에 붙은 유리창에 구멍을 뚫는 게 보였다. 튼튼하기는 하지만 강화유리는 아니었기에 금방 구멍이 뚫렸다. 들고 있는 휴대폰으로는 사냥꾼의 웃음소리가 들렸다.

"선물을 하나 보내줄 건데 받을 준비는 되셨나?"

"미친놈!"

소리를 지른 유명우 교수는 비로소 사냥꾼이 자신에게 전화한 이유를 깨달았다.

"경찰에 신고하지 못하게 일부러 전화를 걸었군!"

휴대폰 너머의 사냥꾼이 껄껄 웃는 것으로 대답을 대신했다. 그 사이, 뒷문 유리창이 주먹만 한 크기로 깨져나갔다. 그걸 본 유명우 교수는 직접 침입하는 대신 흉계를 꾸민다는 것을 알아차렸다. 깨져나간 크기라면 사람은 모르겠지만 인화물질 같은 걸 뿌리거나 던져 넣기에는 충분했기 때문이다. 아니나 다를까, 깨진 유리창 사이로 액체가 철문을 타고 줄줄 흘러내리는 게 보였다. 유명우 교수는 휴대폰에 대고 소리쳤다.

"불을 지를 생각이군. 그러면 내가 《잃어진 진주》를 가지고 밖으로 나갈 줄 알았나?"

아무 대답이 없었지만 씨근덕거리는 숨소리는 여전히 느

껴졌다.

"서점 안에 불이 나면 그 불구덩이 안에 책을 가장 먼저 던져 넣을 거야! 이 새끼야!"

흥분한 유명우 교수가 연거푸 소리쳤다.

"그러니까 불을 질러보라고! 어서!"

"그건 내 책이야."

"천만에, 넌 그 책을 가질 자격이 없어. 너한테 그 책을 넘겨주느니 갈가리 찢어버리고 말 거야."

"책을 사랑하지 않는군."

"그래, 내 가족을 사랑했지 책 따위는 사랑하지 않아."

"천벌을 받을 거야. 너."

유명우 교수는 어이가 없어서 더 크게 소리를 질렀다.

"뭐라고? 살인자 주제에 누가 누구보고 천벌을 받을 거란 소리를 하는 거야?"

"사람은 죽지만 책은 죽지 않으니까."

"뭐라고?"

"네가 가지고 있는 책들 상당수는 사람보다 더 오랜 세월을 버텨왔다고. 그러니까 삶 따위는 아무것도 아니야. 너나 나 모두에게 말이야."

쏟아지는 빗줄기 속에서 사냥꾼의 낮고 음산한 웃음소리가 들렸다. 마치 웃고 싶지 않은데 억지로 웃기 위해 내는 소리 같았다. 그 웃음소리를 듣는 순간 비슷한 소리를 내며 웃던 조세준이 잠시 떠올랐다. 마음을 가다듬은 유명우 교수는 휴대폰에 대고 외쳤다.

"너 따위가 뭔데 딴 사람들에게 이래라 저래라야! 나는 오래된 종이 쪼가리보다 내 가족이 훨씬 더 소중해! 불을 지르려면 질러봐! 그 불구덩이 속에 여기 있는 책들을 모조리 쏟아 부을 테니까."

대답 대신 철문이 한 번 세게 울렸다. 발로 걷어차는 것 같았는데 그 바람에 금이 가 있던 철문의 유리 조각들이 우수수 떨어졌다. 그곳으로 휠체어를 끌고 간 유명우 교수가 소리쳤다.

"덤벼봐! 하나도 안 무서우니까!"

"거짓말하지 마! 넌 나를 두려워해야 해!"

"왜? 내 가족을 죽여서? 힘없는 여자와 어린아이를 죽여 놓고 마치 거물이라도 죽인 것처럼 구는군. 너 같은 살인마들이 왜 여자들을 목표로 삼는지 난 잘 안다고!"

마른침을 꿀꺽 삼킨 유명우 교수가 휠체어 바퀴를 움직여 문 앞까지 다가갔다. 15년 동안 그를 악몽에 빠지게 하고, 지울 수 없는 상처를 안긴 자가 코앞에 있다는 사실은 그를 더없이 떨게 했다. 하지만 두려움을 억누르고 태연한 척 입을 열었다.

"겁쟁이라서 그렇지. 자기보다 강하거나, 자기를 무서워하지 않으면 덤비지도 못하면서 말이야. 안 그래, 사냥꾼?"

마지막에 사냥꾼이라는 단어를 힘주어 말한 유명우 교수는 철문을 노려봤다. 대답 대신 철문을 몇 번 더 걷어찬 사냥꾼이 잠시 후 씨근덕거리는 목소리로 말했다.

"다음에 또 봅시다. 교수님."

사냥꾼은 15년 전처럼 홀연히 사라졌다. 머리가 금방이라도 터질 것같이 긴장하고 있던 유명우 교수는 순간 가슴이 차갑게 식었다. 수없이 꿈꾸던 순간이었건만 너무나 쉽고 허망하게 지나가버린 것이다. 확실한 것은 기억 서점으로 사냥꾼이 찾아왔다는 것이었다.

"15년간 꿈꿔왔던 순간인데 좀 허망하군."

더 큰 문제는 사냥꾼이 그대로 종적을 감춰버릴 수 있다는 것이었다. 자신이 서점을 연 이유를 파악한 눈치였다. 마지막 수단을 쓸까 생각해봤지만 참기로 했다. 문제는 자신이 기억 서점 밖으로 나가서 조사를 할 수 없다는 점이었다. 고민하던 유명우 교수는 한 가지 묘안을 떠올렸다.

5

반격

다음 날, 조세준이 흥분한 표정으로 기억 서점에 들어섰다. 함께 책을 쓰자는 제안을 거절당하고 포기하고 있었을 텐데 갑자기 만나자는 연락을 받았으니 그럴 만도 했다. 뒤쪽 철문을 교체하는 광경을 본 조세준이 휠체어에 앉아서 그 광경을 무심하게 바라보는 유명우 교수에게 물었다.

　"무슨 일입니까?"

　"어젯밤에 불청객이 찾아왔었습니다."

　무슨 뜻인지 몰라서 눈만 껌뻑거리던 조세준은 긴장했는지 특유의 억지웃음을 지었다. 그걸 본 유명우 교수가 공사하는 모습이 보이는 구석으로 휠체어를 밀었다. 조세준 역시 자연스럽게 그곳으로 발걸음을 돌렸다. 문을 고치는 인부들을 바라보던 유명우 교수가 조세준을 올려다봤다.

　"어젯밤에 그자가 찾아왔었습니다."

　"그자라면?"

"15년 전 내 가족을 죽인 살인자 말입니다."

조세준이 너무 놀라서인지 어색하게 웃었다.

"진짭니까?"

"CCTV 렌즈를 래커로 칠해서 못 보게 만들고 뒷문의 유리창을 부순 다음 인화물질로 추정되는 액체를 쏟아부었습니다."

"불을 지를 속셈이었군요. 경찰에 신고하셨습니까?"

조세준의 물음에 유명우 교수가 고개를 저었다.

"비가 많이 왔었고, 얼굴을 가린 상태라 확인이 불가능합니다. 사실 그자라고 생각한 것은 저의 추측일 뿐입니다."

"아……."

유명우 교수의 말뜻을 알아차린 조세준이 짧은 감탄사를 내뱉은 후에 말없이 바라봤다. 그의 눈빛 속에 담긴 의미를 알아차린 유명우 교수가 쓴웃음을 지었다.

"감정은 기억 속의 잔해물일 뿐이니까요. 나에게 15년 전의 일은 죽을 때까지 잊지 못할 비극이지만 경찰에게는 수많은 사건들 중 하나이고, 당신에게는 호기심의 대상 아니겠습니까?"

유명우 교수의 말에 조세준은 이번에도 어색한 웃음으로 대답을 대신했다.

"내가 고서적을 전문적으로 취급하는 기억 서점을 연 이유는 가족을 죽인 살인자를 유인하기 위해서입니다."

"뭐라고요?"

놀란 조세준의 목소리가 너무 컸는지 문을 수리하던 인부들이 돌아봤다. 억지웃음을 지으며 미안하다고 대답하고는 다시 유명우 교수를 바라봤다.

"살인자를 유인하기 위해 서점을 열었다는 게 무슨 뜻입니까?"

"말 그대로입니다. 살인자, 그자는 자신을 사냥꾼이라고 불렀습니다. 사냥꾼은 고서적을 목숨보다 더 소중하게 여겼죠."

"그렇다면 그를 유인하기 위해 이 서점을 열었다는 말인가요?"

조세준이 기억 서점을 돌아보면서 묻자 유명우 교수가 고개를 끄덕거렸다.

"사냥꾼을 유인하기 위한 덫인 셈이죠. 경찰은 신경도 쓰지 않고, 상담하는 사람들은 그냥 잊고 살라고만 했으니까요. 하지만 저는 잊을 수 없었습니다. 내가 가족을 죽인 거나 다름없었으니까요."

유명우 교수의 얘기를 들은 조세준은 고개를 절레절레 젓고는 말했다.

"그래서 고서적을 판매하는 서점을 열고 예약을 신청한 사람들만 들어올 수 있게 했군요. 살인자를 가려내기 위해서 말이죠."

떨리는 조세준의 목소리를 들으면서 유명우 교수는 새로 설치되는 뒷문을 바라봤다.

"어젯밤에 저 문의 유리를 깨고 인화물질을 안에 뿌려서 불을 지르려고 했습니다. 그리고 나한테 전화를 걸어서 협박했죠."

"그래서 어떻게 하셨습니까?"

"내가 서점 안에 있는 고서적들을 몽땅 불태워버리겠다고 하니까 바로 포기하더군요."

"진짜 미친놈이군요."

조세준이 흥분을 하자 유명우 교수는 눈을 감았다.

"미쳤다는 말로는 설명이 부족합니다. 나한테 그러더군요. 자신은 15년 동안 한 번도 실패하지 않았다고 말이죠."

"뭘 실패하지 않았다는 얘깁니까?"

무심코 되물은 조세준은 흠칫 놀랐다.

"설마!"

"그동안 계속 사람을 죽여왔던 모양입니다."

"맙소사. 연쇄살인마가 되었군요."

놀란 조세준의 말에 유명우 교수가 마른침을 삼켰다.

"아직 확실한 건 아닙니다. 홧김에 허세를 부린 것일 수도 있어요. 그러니까 그자를 반드시 잡아야 합니다."

"일이 복잡해졌네요."

"사실……."

주저하던 유명우 교수가 입을 열었다.

"가끔 어둠 속에 빠지는 악몽을 꿉니다. 그러다가 눈을 뜨면서 깨어났다고 생각했는데 아직도 어둡다는 사실에 절망감을 느낀 적이 있죠. 두려움조차 사치스럽게 만드는, 바로 그런 어둠입니다."

유명우 교수의 얘기를 들은 조세준은 긴장감에 마른침을 삼켰다. 그런 조세준을 말없이 바라보던 유명우 교수는 교체가 끝났다는 인부의 말에 수고했다며, 계좌로 돈을 보냈다고 대답했다. 인부들이 주섬주섬 공구를 챙기는 걸 본 유명우 교수가 곁눈질로 조세준을 바라봤다.

"사실 기억 서점을 열면서도 긴가민가했습니다. 그자가 진짜 나타날지 말입니다."

그 얘기를 들은 조세준이 기억 서점을 한번 쓱 살펴보고는 어깨를 으쓱거렸다.

"호랑이 굴에 뛰어드는 셈이죠. 범죄자는 아주 사소한 실수에도 덜미가 잡히니까요. 강호순이 왜 잡힌지 아십니까?"

고개를 저은 유명우 교수에게 조세준이 말했다.

"경찰이 수사망을 줍혀오니까 죽인 여자들을 태웠던 자신의 차를 불태워버렸습니다. 그걸로 가뜩이나 의심하고 있던 경찰에게 덜미가 잡혔죠. 차도 다 태우지 못해서 안에 있던 미세증거들이 나왔고, 그걸로 혐의가 입증되면서 결국 체포된 겁니다."

"도둑이 제 발 저렸군요."

"그런 셈이죠. 교수님이 사냥꾼이라고 부른 그 살인마는 지금껏 정말 조심스럽게 지내면서 자취를 드러내지 않았습니다. 그런데 함정인 줄 뻔히 알고 있는 이곳에 불쑥 나타났다는 게 좀처럼 믿겨지지 않아요."

"책 때문입니다."

예상 밖의 대답을 들었는지 조세준이 눈살을 찌푸렸다.

"책이요?"

"15년 전에 그자와 마주쳤을 때 내가 어떻게 살아남았는지 아십니까?"

유명우 교수는 공구를 챙기고 나가려는 인부들에게 뒷문을 닫아달라고 부탁했다. 그리고 고개를 젓는 조세준에게 말했다.

"책을 방패로 삼았습니다."

"정말입니까?"

믿기 어려워하는 조세준의 물음에 유명우 교수는 고개를

끄덕거렸다.

"그자가 가지고 있던 가방을 방패로 삼았는데 머뭇거리더군요. 그 가방 안에 고서적이 들어 있었습니다."

"고서적에 푹 빠진 연쇄살인마라니, 믿기 어렵군요."

"그래서 저도 고서적을 취급하는 서점을 열어서 놈을 유인하겠다고 결심한 이후 오랫동안 고민했습니다. 자기 자신을 사냥꾼이라고 칭하고, 피해자들을 사냥감으로 보는 자가 과연 미끼에 걸려들지 말입니다. 그런데……."

마른침을 삼킨 유명우 교수는 수리가 완료된 뒷문을 바라보며 말을 이어갔다.

"놈이 나타났어요. 저녁 때 비가 잔뜩 와서 자신의 자취를 감추기 좋을 때를 노려서 접근한 거죠. CCTV 위치를 잘 알고 있던 걸로 봐서는 손님을 가장해서 이곳에 들렀거나 혹은 왔던 누군가에게 자세하게 얘기를 들었던 게 분명합니다."

한 손으로 입을 가린 조세준이 떨리는 목소리로 중얼거렸다.

"맙소사. 소설 같은 일이군요."

유명우 교수가 바라보자 조세준은 당황했는지 예전처럼 손바닥을 바지에 정신없이 문질렀다.

"죄송합니다."

"사실 대뜸 찾아와서 15년 전 사건을 얘기해서 살짝 의심을 했습니다."

조세준은 유명우 교수의 말에 살짝 고개를 갸웃거렸다.

"그런데 저를 다시 부르신 이유가?"

"당신은 아닐 것 같다는 확신이 들었으니까요. 어쨌든 사냥꾼은 가까이에 있습니다."

눈을 크게 뜬 조세준이 한숨을 내쉬었다.

"그걸 알고 있는 사람은 대한민국에 우리뿐이군요. 지금이라도 경찰에 신고하시죠?"

"무슨 명목으로요? 문짝 하나 부순 걸로 말입니까?"

"전화가 왔다고 했으니까 그 번호를 추적하면 금방 잡을 수 있을 겁니다. 어쨌든 정체를 밝히는 게 중요한 거 아니겠습니까?"

유명우 교수가 고개를 저었다.

"발신자 표시 제한으로 걸려왔습니다. 아마 선불폰이나 대포폰 같은 걸 사용했겠죠."

유명우 교수의 말에 조세준은 고개를 끄덕일 수밖에 없었다.

"하긴, 영리한 놈이니까 그 정도는 생각해뒀겠죠."

"바람처럼 사라졌습니다. 아마 경찰을 불렀어도 소용없었을 겁니다."

조세준은 체념한 모습의 유명우 교수에게 물었다.

"그럼, 경찰에 신고도 하지 않고 계속 놈을 기다리실 겁니까?"

"아뇨. 물론 계획은 세워놨습니다. 이제 제가 반격할 차례입니다."

"반격이요?"

조세준은 어처구니없다는 표정으로 휠체어에 앉은 유명우 교수를 바라보며 덧붙였다.

"어떻게 말입니까?"

"일단 놈을 찾아야겠죠."

"무슨 수로요?"

질문을 받은 유명우 교수는 카운터로 휠체어를 밀었다. 그리고 키보드를 몇 번 두드린 다음 모니터를 돌려서 조세준에게 보여줬다.

"기억 서점을 오픈한 이후 방문한 사람들 명단입니다. 총 40명 정도 방문했고, 그중 사냥꾼으로 의심할 만한 사람들이 몇 명 있었습니다."

"이 사람들을 경찰에 신고하면 어떨까요?"

가까이 다가와서 모니터를 살펴본 조세준의 말에 유명우 교수가 고개를 저었다.

"낌새를 채고 도망칠 겁니다. 경찰은 못 믿습니다."

"심정은 이해합니다만 경찰의 도움 없이는 추적이 불가능할 텐데요."

"저는 이번 일을 직접 해결할 겁니다. 그자를 법정에 세울 생각은 전혀 없어요."

"왜요? 그자를 잡기 위해 이 서점을 연 거 아닙니까?"

불안해하는 조세준에게 유명우 교수가 힘주어 말했다.

"심판은 내가 할 겁니다."

"영화나 드라마에서 보통 그렇게 나오면 망하던데요."

"이미 전 망했습니다. 내 잘못으로 가족이 죽은 15년 전에 말입니다."

유명우 교수의 단호한 얘기에 깊게 한숨을 내쉰 조세준이 바닥을 내려다봤다.

"서점에 불을 지르려고 한 미친놈을 어떻게 감당하시려고요."

"당신이 도와주면 됩니다."

청천벽력 같은 얘기를 들은 조세준이 펄쩍 뛰었다.

"제가 어떻게요?"

"나한테 온 것도 그자 때문 아닙니까?"

"그렇긴 하지만 놈을 추적하는 건 다른 문제입니다. 저는 오래 살고 싶다고요. 영화나 드라마를 보면 나 같은 사람이 제일 먼저 죽던데요. 주인공은 살지만."

"놈은 당신을 모릅니다. 예약을 받아서 따로따로 방문했으니까요."

"왜 접니까?"

조세준의 물음에 유명우 교수는 바로 대답했다.

"이번 사건에 관심이 있어 보이니까요."

"진짜 그 이유 때문입니까?"

유명우 교수는 조세준을 뚫어지게 바라봤다. 그는 두 손을 바지에 비비면서 말했다.

"무서워서 안 되겠습니다. 만나서 반가웠습니다."

돌아서서 가려는 조세준에게 유명우 교수가 큰 목소리로 물었다.

"유명해지고 싶지 않아요?"

"죽은 다음에 유명해질 생각은 눈곱만큼도 없습니다. 아무짝에도 소용이 없으니까요."

"한국판 《인 콜드 블러드》를 쓸 수 있는 절호의 기회입니다."

그 얘기가 나오자 조세준은 마치 자석에라도 끌린 것처럼 움직임을 멈췄다. 그런 조세준에게 유명우 교수가 휠체어를 밀며 다가왔다.

"저는 그자를 잡기 위해 15년을 준비했습니다. 그렇게 잡은 살인마라면 사람들의 관심을 끌지 않겠습니까?"

"그, 그건 그렇죠."

"그자의 말이 절반만 사실이라고 해도 유영철이나 정남규 못지않을 겁니다. 그런 살인마를 직접 추적한다는 내용이 담기면 출판사가 흥미를 느낄 겁니다."

"정말 그럴까요?"

"출판사도 제가 알아봐드리겠습니다. 그동안 출판사에서 제게 엄청나게 많이 출간 제안을 해왔었거든요."

"하지만 그건 교수님 책을 원하는 거지 제가 쓴 책은 아니잖습니까."

"물론입니다. 그래서 당신 책을 내주면 내 책도 같이 낼 수 있는 계약을 하겠다고 제안할 겁니다."

"그럼 거절하기 힘들겠군요."

히죽 웃는 조세준에게 유명우 교수가 미소 지으며 응답했다.

"물론이죠. 저만 믿으십시오."

"그래도 살인자를 쫓는다는 게 어쩐지 두렵습니다."

"상대방은 당신을 모르니까 위험한 일이 아닙니다. 용의자들을 추적해서 그들 중에 누가 사냥꾼인지 알아봐주십시오. 나머지는 제가 알아서 처리하겠습니다."

"그게 사적인 보복을 하겠다는 거잖아요."

"사냥꾼이 누군지 알아내면 제가 알아서 하겠습니다."

"그럼 저는 그걸로 뭘 얻을 수 있습니까?"

"명성이죠. 유명해진다는 게 어떤 건지 아십니까?"

조세준이 대답 대신 고개를 가로젓자 유명우 교수가 가볍게 웃었다.

"무료 통행증 같은 겁니다. 알아봐주는 사람들이 늘어나면 불편한 점이 없지 않지만 좋은 일도 많으니까요. 내 말한 마디, 손짓 하나에 일일이 반응하고 관심을 가지고 바라봅니다. 부러움과 존경이 뒤섞인 눈빛으로 바라보는 건 덤이죠."

조세준이 고민에 빠진 표정을 짓자 유명우 교수가 덧붙였다.

"이 건으로 책을 쓰든 방송 출연을 하든 전혀 개의치 않겠습니다. 물론 비용을 청구하거나 지분을 요구할 일도 없을 겁니다. 원하면 같이 출연하거나 추천사도 써드리고 사냥꾼의 추적에 결정적인 공을 세웠다고 추켜세워드리죠."

단호한 유명우 교수의 말에 조세준이 눈동자를 굴리며 생각에 잠겼다. 그런 상대방에게 유명우 교수가 쐐기를 박았다.

"만약 거절한다면 다른 사람에게 의뢰하겠습니다."

"누구에게 말입니까?"

"전직 헌병대 출신의 탐정입니다."

"왜 그 사람에게 안 맡기고 저에게 맡기려고 합니까?"

"그 사람이 사냥꾼을 잡을 적임자인지 모르겠습니다. 하지만 당신이 거절하면 그에게 의뢰할 생각입니다."

유명우 교수의 말에 주저하던 조세준이 어깨를 으쓱거리며 말했다.

"거절할 수 없는 제안이군요."

"명단을 작성해서 드리겠습니다."

"사냥꾼으로 의심되는 사람들 말입니까?"

조세준의 물음에 대답 대신 고개를 끄덕거린 유명우 교수가 덧붙였다.

"그중에 가장 눈에 띄는 사람은 세 명입니다. 5번, 19번, 20번. 편의상 목수와 새벽, 아빠라고 부르도록 하죠."

"왜 그 사람들을 사냥꾼이라고 생각하십니까?"

"이유는 따로 정리한 걸 메일로 보내드리겠습니다. 그들의 연락처와 사는 장소, 사진도 같이 보내드리죠."

"여기 신청서에는 이름과 전화번호만 기입하도록 되어 있던데요?"

"요즘 세상에는 전화번호만으로 알아낼 수 있는 게 꽤 많은 편이죠."

유명우 교수의 대답에 조세준이 살짝 비꼬듯 물었다.

"보기보다는 어둠의 루트를 좋아하시는군요."

"부인하지는 않겠습니다. 다만, 제가 마무리할 겁니다."

유명우 교수의 애기를 들은 조세준은 팔짱을 낀 채 생각에 잠겼다. 예상치 못한 위험한 일이지만 그의 말대로 대가는 충분히 주어질 게 분명했다. 무엇보다 호기심에 이끌린 조세준은 팔짱을 풀고 물었다.

"제가 뭘 하면 됩니까?"

"사냥꾼인지 아닌지에 관한 명백한 증거가 필요합니다. 법정에 세울 증거 같은 거 말고, 내가 확신을 가질 만한 증거면 충분합니다."

"그 다음에는요?"

"제가 알아서 하죠. 이런 일을 처리하는 데 능통한 사람들이 있습니다."

"그러니까 탐정 노릇을 하라, 이 말이군요."

"맞습니다."

팔짱을 낀 채 잠시 생각에 잠겼던 조세준이 고개를 끄덕거렸다.

"좋아요, 한번 해보죠."

"소정의 작업비와 장비 구입비를 입금해드리겠습니다."

"고맙습니다. 그런데 궁금한 게 있습니다."

"뭡니까?"

조세준은 자신을 올려다보는 유명우 교수의 눈을 바라보

면서 물었다.

"왜 저는 사냥꾼이 아니라고 생각하시는 겁니까?"

그러자 피식 웃은 유명우 교수가 대답했다.

"유명해지고 싶어 하니까요. 사냥꾼이라면 무조건 피할 일이겠죠."

"정말 그것뿐입니까?"

"사실은……."

살짝 웃음을 보인 유명우 교수가 말했다.

"뒷조사를 좀 했습니다. 당신은 어제 이곳에 없었다는 걸 확인했습니다."

"나머지는 아니고요?"

"확인을 못 했습니다."

짤막하게 대꾸한 유명우 교수가 말끔하게 고쳐진 문을 바라봤다.

"어제 저 바깥에 서 있는 그자를 봤습니다. 15년 동안 찾으려고 애썼는데 마치 거짓말처럼 내 앞에 나타난 거죠."

"두려우셨습니까?"

유명우 교수는 조세준을 물끄러미 바라봤다.

"아뇨."

그러고는 짧게 덧붙였다.

"어두웠습니다."

"아무것도 안 보였다는 뜻입니까?"

고개를 끄덕거린 유명우 교수의 모습을 본 조세준이 중얼거렸다.

"어둠 같은 존재로군요."

"깊은 어둠이기도 합니다."

초조하고 긴장한 눈빛으로 조세준을 올려다보던 유명우 교수가 짧게 대답하고는 잠시 후 덧붙였다.

"하지만 곧 환한 곳으로 끌려나올 겁니다."

"얘기를 들어보면 쉽지 않을 것 같습니다만."

"이제 그자가 사냥감이 되는 겁니다. 쫓기다 보면 초조해질 것이고, 그럼 실수를 할 겁니다."

확신에 찬 유명우 교수의 말에 조세준이 초조한 듯 손톱을 물어뜯었다.

"잘하는 결정인지 모르겠습니다, 이게."

겁에 질린 조세준의 말에 유명우 교수가 어깨를 으쓱거렸다.

"저도 사냥꾼과 이렇게 빨리 만나게 될 줄은 미처 몰랐습니다."

"세 명 중에 사냥꾼이 없을 수도 있습니다."

"물론이죠. 그래서 세 명을 따로 부를 생각입니다."

"그래서요?"

"15년 전에 제 손에 들어온 책에 관한 얘기를 할 겁니다. 서점 운영비용이 생각보다 많이 들어서 그 책을 다른 사람에게 팔 수도 있다는 식으로 말입니다."

유명우 교수의 얘기를 들은 조세준이 고개를 까닥거리며 말했다.

"아하, 그럼 상대방이 조급하게 움직일 수 있겠군요."

"그게 아니라고 해도 관찰을 하게 되면 단서를 찾을 수 있지 않겠습니까? 그 사이에 당신은 그들의 거처를 수색해서 단서를 잡을 수도 있고 말이죠."

"나쁘지 않은 방법이네요."

조세준의 말에 유명우 교수가 두 손가락으로 자신의 눈을 가리켰다.

"나는 눈이 될 테니까 당신이 손과 발이 되어주십시오."

유명우 교수의 말에 조세준이 손바닥을 펼쳐 보였다.

"홈스와 왓슨인가요?"

"어떻게 불러도 상관은 없습니다. 목적만 이루면 되지 않겠습니까."

다소 싸늘한 유명우 교수의 얘기에 조세준이 쓴웃음을 지었다. 그런 조세준을 등진 채 카운터로 휠체어를 밀고 간 유명우 교수가 말했다.

"제 휴대폰 번호는 알고 계시죠? 계좌번호를 남겨주시면 일단 조사비를 입금하겠습니다."

"알겠습니다."

어색한 표정을 지은 조세준이 잘 있으라는 말을 남기고 기억 서점을 나갔다. 문이 닫히는 걸 본 유명우 교수가 참았던 한숨을 내쉬었다.

6

조사

유명우 교수와 만난 다음 날, 그가 얘기한 조사비가 입금되었다. 생각보다 많은 금액이라 조세준은 몇 번이고 숫자를 셌다. 비슷한 시각에 유명우 교수가 점찍은 용의자 중 한 명인 '아빠'의 이름과 연락처, 주소가 이메일로 도착했다. 그리고 왜 사냥꾼으로 의심하는지에 관한 간단한 메모도 첨언되어 있었다. 처음에 '아빠'는 가정을 꾸렸다는 점에서 사냥꾼일 리 없다는 생각을 했다고 적혀 있었다. 하지만 아들에 대한 학대 의혹과 함께, 사람들의 시선을 피하기위해 일부러 가정을 꾸렸을 수도 있다는 이야기였다. 조세준 역시 연쇄살인마가 가정을 꾸린다는 게 잘 이해되지 않았다. 하지만 의외로 많은 연쇄살인마가 가정을 꾸렸다. 물론 가족은 살인마의 범죄행각을 모르고 있었고, 심지어 대상자가 되기도 했다. 이메일을 들여다보던 조세준은 속으로 생각했다.

'조사를 철저하게 하는 스타일이군.'

하긴, 15년 동안 오직 한 가지 목표만을 위해 살아왔다면 이 정도는 가능할 것이라며 모니터를 보면서 중얼거렸다. 유명우 교수가 조사를 지시한 첫 번째 용의자는 바로 오형식이라는 사람이었다. 대여섯 살쯤 되는 아들과 함께 기억서점에 나타났는데 여러모로 미심쩍은 구석이 많다고 판단한 것 같았다. 조세준은 사냥꾼이 가족을 꾸렸을지에 대해서는 부정적이었지만 일단 조사해보기로 했다. 유명우 교수가 '아빠'라는 별명을 붙인 자의 주소를 확인한 조세준은 간단하게 짐을 꾸리고 집에서 나왔다.

"개봉동이라……."

지하철을 타고 가는 내내 조세준은 사냥꾼에 대해서 생각해봤다. 연쇄살인마들은 종종 살인은 쾌락이라고 얘기했다. 보통 사람이라면 생각하지 못할 살인이라는 극한의 행동 속에서 희열을 느끼는 것이다.

"그리고 중독되는 거지."

그가 인터뷰한 연쇄살인마들은 중독이라는 표현을 많이 사용했다. 살인이 중독될 수도 있는 것인가에 대한 의문은 어느 연쇄살인마의 은밀한 얘기를 통해 단번에 이해가 갔다. 몇 번 인터뷰를 해서 친해졌다고 생각했는지 카메라가 꺼지고 나자 그는 씩 웃으며 말했다.

"재미있어."

"뭐가요?"

"죽은 사람들 가족이 울부짖고 실신하는 모습이."

그가 이해되지 않는다는 표정으로 바라보자 연쇄살인마는 누런 이빨을 드러내며 말했다.

"연극을 보는 것 같아서 말이야. 내가 예전에……."

마른침을 삼킨 연쇄살인마가 자신을 지켜보던 교도관을 힐끔 본 후에 말했다.

"노점상을 한 명 죽인 적이 있거든. 나한테는 부모님이랑 어릴 때 헤어져서 일가친척이 없다고 했는데 말이야. 막상 죽이고 나니까 부모라는 작자랑 친척이라는 사람들이 떼로 나타나서 세상을 다 잃은 것처럼 울부짖더라고. 아마 죽은 친구도 어이가 없었을 거야."

자신이 저지른 살인의 결과를 마치 재미난 게임 얘기를 하는 것처럼 말하는 연쇄살인마를 보면서 조세준은 으스스함을 느꼈다. 하지만 한편으로는 그의 얘기가 이해됐다. 보통 사람들처럼 타인의 감정에 대해 반응을 느끼지 않는 연쇄살인마들은 그런 식의 파멸적인 감정에 직면해야만 비로소 마음이 움직이기 때문이다. 그래서인지 살인은 흥미로운 현상이라고 얘기한 어떤 프로파일러의 말이 기억났다. 이런저런 생각을 하던 조세준은 개봉역에 도착했다는 안내

방송에 정신을 차렸다. 1호선은 지상으로 운행하고 있어서 계단을 올라갔다가 에스컬레이터를 타고 내려가야만 밖으로 나올 수 있었다. 에스컬레이터에서 내린 조세준은 주변을 돌아봤다. 과일 가게와 화장품 가게가 있는 작은 광장을 지나자 도로가 보였다. 마을버스들이 정차하는 정류장 앞 횡단보도를 건너자 만두 가게에서 뿜어져 나오는 연기가 흡사 안개처럼 주변을 감쌌다. 상가들이 옹기종기 모여 있는 아파트 단지를 가로지른 조세준은 도로를 따라 걸었다. 오형식이 사는 집 주소는 미리 인터넷으로 확인했기 때문에 어렵지 않게 찾을 수 있었다. 도로를 따라 걷다가 주유소가 있는 사거리에서 횡단보도를 건너 야트막한 오르막길을 올랐다. 주변은 전형적인 주택가 풍경이었는데, 대부분 신축한 다세대 빌라였지만 뾰족 지붕을 한 예전 스타일의 양옥도 적지 않았다. 골목길 끝에는 엄청나게 큰 교회가 있었고, 좌우로 길이 나뉘어 있었다. 거의 산 중턱이라서 그런지 평지보다 한층 쌀쌀한 바람이 불었다. 양쪽의 길은 좁고 구불구불했는데 조세준은 오형식이 사는 왼쪽 골목으로 향했다. 풍년빌라라는 아주 오래된 빌라 두 채가 있는 초입을 지나자 오래된 양옥들이 좌우로 펼쳐졌다. 휴대폰으로 저장한 주소의 위치를 확인하던 조세준이 걸음을 멈췄다.

"여기군."

1980년대 지어진 것 같은 양옥은 높다란 시멘트 담장과 쇠창살로 가려져 있었다. 파란색으로 칠한 대문 역시 오래되어 보였다. 조세준은 가지고 온 짐벌에 휴대폰을 끼우고 옆에 있는 빈 화분을 밟고 올라갔다. 현관은 대문에서 몇 걸음 떨어지지 않은 곳에 있었다. 그리고 옆으로 반지하로 내려가는 계단이 보였다. 짐벌에 끼운 휴대폰으로 담장 안을 이리저리 살펴보던 조세준이 화면에 대고 속삭였다. 유튜브용 영상을 찍어놔야겠다는 생각이 들었던 것이다.

　- 여러분! 저는 지금 15년 전 유명우 교수의 아내와 딸, 그리고 고서점 주인을 살해한 이후 은밀히 살인을 저질러왔다고 추정되는 연쇄살인마의 집을 살펴보는 중입니다. 겉으로 보기에는 지극히 평범해 보이는데 과연 저곳에서 범죄가 저질러졌을까요? 물론 아직 명확한 증거는 없습니다만 여러 방면에서 입수한 첩보를 분석한 결과 사실일 가능성을 배제할 수 없습니다. 앞으로도 계속 관찰해서 단서를 잡아보도록 하겠습니다.

애기를 마친 조세준은 짐벌을 움직여서 집 안을 천천히 영상으로 담았다.

"이 정도면 충분하겠지."

화분에서 내려온 조세준은 휴대폰과 짐벌을 분리하면서 주변을 돌아봤다. 아직 낮이라 그런지 노인들을 제외하고는 오가는 사람들이 보이지 않았다. 천천히 뒷걸음질로 골목길을 빠져나오던 조세준은 무심코 돌아섰다가 깜짝 놀라고 말았다. 바로 앞에 '아빠'라는 별명을 붙인 용의자 오형식이 서 있었기 때문이다. 추리닝 바지에 후드티를 입었는데, 한 손에 검은색 비닐봉지가 들려 있고, 다른 손에는 아들 용준이를 데리고 있었다. 시작하자마자 들켰다는 생각에 망연자실했지만 오형식은 조세준을 거들떠도 보지 않고 스쳐지나갔다. 당황한 조세준은 돌아서서 오형식이 아들과 함께 집으로 들어가는 모습을 지켜봤다. 후다닥 달려간 조세준이 아까 올라갔던 빈 화분을 밟고 올라탔다. 대문 안으로 들어간 오형식은 아들에게 비닐봉지를 들려주고 현관으로 가라는 손짓을 하고는 반지하로 내려갔다.

"왜 같이 안 들어가는 거지?"

그때 현관 아래 계단을 올라가던 오형식의 아들이 갑자기 걸음을 멈추고 돌아봤다. 놀란 조세준은 얼른 빈 화분에서 내려와 골목길을 벗어났다. 그러면서 비로소 왜 오형식이 자신을 그냥 지나쳤는지 알아차렸다.

"그자가 내 얼굴을 알 리가 없잖아."

기억 서점에 들렀다는 공통점이 있긴 하지만 서로 같은 시간대에 가지는 않았으니까 마주쳐도 얼굴을 알아볼 리 없었다. 한숨을 돌리고 나자 일부러 예약을 해서 손님을 따로 받은 유명우 교수가 새삼 대단하게 느껴졌다.

"이런 것까지 미리 염두에 둔 걸까?"

치밀하고 알 수 없는 사람이라는 생각을 하면서 큰길로 나왔다. 노란색 간판이 달린 마트를 지나자 2층으로 된 상가에 나란히 부동산 중개소가 두 개 있는 게 눈에 들어왔다. 유리벽에는 매물들이 종이로 인쇄되어 붙어 있었는데, 두 번째 부동산 중개소의 유리벽에 오형식이 사는 양옥 바로 옆집이 매물로 붙어 있었다. 조세준은 걸음을 멈추고 가격과 평수를 확인한 후 문을 열고 들어갔다. 노년 혹은 중년 남성이 자리에 앉아 있을 것이라는 예상과 달리, 30대 중반의 여성이 컴퓨터를 보는 중이었다. 문에 달려 있는 작은 종이 소리를 내자 고개를 든 여성에게 조세준이 말했다.

"집을 좀 알아보러 왔는데요."

그러자 여자는 "잠시만요" 하고 얘기하더니 모니터 옆에 있던 안경을 쓰고 일어났다. 책상 모서리에는 '김현주 실장'이라는 명패가 있었다. 자리를 권한 그녀가 아이패드를 들고 맞은편에 앉았다.

"어떤 집을 찾으시는데요?"

"저기 골목길 안쪽이요."

조세준이 오형식의 집 옆 주소를 부르자 김현주 실장이 아는 척을 했다.

"아, 23번지요. 집이 오래되긴 했는데 대지가 넓어서 밀고 다세대 빌라 올리기 딱 좋아요."

"그래서 말인데, 그 옆집도 매물로 나왔나요?"

"옆집이요?"

"네, 파란색 대문으로 된 집이요. 하나 짓는 것보다 두 개를 같이 짓는 게 돈이 덜 들잖아요."

조세준의 물음에 그녀가 심각한 표정으로 아이패드를 들여다봤다.

"안 그래도 문의가 종종 들어오는데요. 어……."

아랫입술을 가볍게 깨문 그녀가 아이패드를 소파 앞 탁자에 내려놓으며 말했다.

"그 집 주인이 고집불통이라서요."

"누군데요?"

"젊은, 아니, 약간 나이 든 아저씨예요. 아들이랑 늘 같이 다녀요."

"아."

아까 봤던 오형식과 그 아들 용준을 떠올린 조세준이 김현주 실장에게 물었다.

"두 집을 같이 사고 싶은데요. 방법이 없을까요?"

"말도 마세요. 그런 문의를 몇 번 받아서 찾아가서 물어봤는데 집을 안 팔겠대요."

"왜요?"

아쉬운 표정을 짓는 조세준의 물음에 김현주 실장이 한숨을 쉬었다.

"그러게요. 시세보다 천만 원 정도 더 얹어주겠다고 했는데도 단칼에 거절했어요. 그런 적은 별로 없어서 이유를 물어봤더니 아내랑 추억이 있는 장소라 아들이 다 클 때까지는 안 팔겠다고 하더라고요."

"로맨티스트군요."

"요즘 세상엔 돈이 최고죠. 그런데 그렇게까지 얘기하니까 차마 강권을 못 하겠더라고요."

"두 채 나란히 사서 같이 공사하면 최고인데 말이죠."

조세준이 미련을 버리지 못하는 듯한 말투로 얘기하자 김현주 실장이 말했다.

"큰길 쪽은 어때요? 거기도 어차피 대지는 비슷한 크기예요."

그녀가 아이패드로 오형식의 집을 비롯한 옆집들 평면도를 보여줬다. 조세준은 잠깐 들여다보는 척하다가 말했다.

"바로 길 옆이잖아요. 요즘엔 큰길에 바로 빌라를 지으면 시끄럽다고 싫어해요."

다세대 빌라 건축에 대해서는 아는 게 없지만 진짜로 일이 성사되면 안 되기 때문에 바로 고개를 저었다. 다행히 김현주 실장도 수긍했는지 별다른 의심 없이 아이패드를 가져가며 중얼거렸다.

"두 집 같이 팔면 딱 좋은데 말이죠."

"그 집 주인이 집값을 올리려고 버티는 거 아닐까요?"

조세준의 질문에 김현주 실장이 고개를 갸웃거렸다.

"얘기를 많이 나눠보지 못해서요. 일단 저한테는 아내와의 추억이 있는 곳이라 떠나기 싫다고 했어요. 그렇다고 시세보다 많이 준다고 할 수는 없는 상황이라서요."

"하긴 그렇네요. 아깝네. 아까워."

조세준이 영 아쉽다는 말을 하자 김현주 실장이 자리로 돌아가면서 안경을 벗었다. 더는 할 얘기가 없다는 모습이었다. 원하는 만큼은 아니지만 얼추 주변 환경을 알아내는 데 성공한 조세준은 다음에 오겠다는 말을 남기고 일어났다. 그러자 김현주 실장이 불쑥 말했다.

"직접 만나지는 마세요."

"왜요?"

한 손으로 문을 열려고 하던 조세준이 고개를 돌린 채 묻자, 김현주 실장이 모니터를 바라보며 말했다.

"뭔가 좀 이상해요."

"무슨 뜻이죠, 그게?"

조세준의 물음에 김현주 실장은 길게 한숨을 내쉬며 그를 바라봤다.

"내가 대학교 졸업하고 취직이 안 돼서 아빠가 하던 복덕방에 나와서 일한 지가 15년째예요."

"그런데요?"

"진짜 엄청 많은 사람들을 만나보고 얘기를 나눠봤는데 그 사람은 좀……."

뭔가 주저하던 김현주 실장이 말했다.

"이상해요."

"그렇긴 하죠. 아내와의 추억 때문에 집을 안 팔잖아요."

"과연 그 이유 때문인지, 다른 이유가 있는 건 아닌지 잘 모르겠어요."

우울한 표정을 짓는 그녀의 말에 조세준은 뭔가 하는 심정으로 바라봤다. 사람들 중 일부는 남들이 뿜어내는 우울하고 어두운 기운을 빨리 알아차리는 경우가 있다. 조세준 역시 사람 보는 축이 좋다고 생각했다. 그런데 부동산 중개소에서 자신과 비슷한 유형의 사람을 만날 줄은 몰랐다. 조세준이 문을 닫고 그녀를 바라봤다.

"다른 이유가 있다는 얘깁니까?"

그의 질문에 김현주 실장이 살짝 얼굴을 찡그렸다.

"잘 모르겠어요. 어릴 때 봤던 옥탑방 아저씨랑 비슷한 것 같아요."

"그게 무슨 말입니까?"

어리둥절해하는 조세준에게 그녀가 굳은 표정으로 얘기했다.

"맨날 러닝셔츠를 입은 채 길거리를 지나가는 사람한테 욕을 하던 아저씨였어요. 침도 뱉고, 병도 던지고, 여자아이들에게 차마 입에 담지 못할 욕을 하던 사람이었죠."

조세준은 얘기가 점점 이상한 곳으로 흐른다 싶었지만 잠자코 들었다. 다시 안경을 벗은 김현주 실장이 말했다.

"나중에 이사를 가고 나서 집주인 아주머니가 청소를 하러 올라갔다가 기절하는 줄 알았대요."

"왜요?"

"덫으로 잡은 길고양이나 비둘기를 아주 잔인하게……."

뒷말을 잇지 못했지만 무슨 뜻인지는 금방 알아차렸다. 어떻게 반응해야 할지 몰라 멍하니 쳐다봤더니, 김현주 실장이 주저하다가 입을 열었다.

"그 집 아저씨한테 옥탑방 아저씨 느낌이 나요."

"에이, 설마요."

조세준의 말에 김현주 실장이 고개를 저었다.

"옥탑방 아저씨가 진짜 무서운 건 눈빛 때문이었어요. 사람이 아니라 짐승 같았는데 그 아저씨 눈빛이 딱 그래요. 남자들은 잘 모를 거예요. 하지만 저는 알 수 있어요. 그러니까 가까이 할 생각 하지 마세요."

예상 밖의 얘기를 들은 조세준은 애매한 표정으로 대답할 수밖에 없었다.

"아, 알겠습니다."

문을 열고 나온 그는 딸랑거리는 종소리를 들으며 큰길을 내려왔다. 오늘은 집 위치를 확인한 것에 만족하고 돌아가기로 했다. 전철역으로 향하는데 휴대폰으로 이메일이 도착했다는 알림음이 울렸다. 유명우 교수가 보낸 메일로, 또 다른 용의자에 대한 자료였다.

"무슨 게임도 아니고, 하나 깰 때마다 미션이 하나 더 늘어나는 거야?"

하지만 유명우 교수는 딱히 언제까지 뭘 보고해야 한다는 얘기를 한 적이 없었다. 조세준은 집으로 돌아가는 동안 휴대폰으로 자신의 얼굴을 비추면서 동영상 녹화 버튼을 켰다.

– 이제 집으로 돌아가는 중입니다. 여러모로 머
  리가 복잡하네요. 우연히 길거리에서 만난 그는

아들과 함께 사는 평범한 가장의 모습이었습니
다. 하지만 저는 잘 알고 있습니다. 평범함 속에
거대 악이 숨겨져 있다는 걸 말이죠.

스스로 생각해도 나쁘지 않은 멘트라는 생각에 조세준은
씩 웃었다. 그러면서 불이 꺼진 동물병원 앞에 서서 나머지
멘트를 이어갔다.

   - 오늘은 첫 번째 용의자의 집을 찾아가봤습니
   다. 지극히 평범했지만 주변 사람들은 그가 이상
   한 인물이라고 꼭 집어서 얘기했습니다. 그리고
   시세보다 높은 값을 쳐주겠다고 했음에도, 절대
   로 집을 내놓지 않고 있습니다. 그의 집에는 어
   떤 비밀이 숨겨져 있는 걸까요?

잠깐 뜸을 들인 후, 동영상을 끈 조세준은 흡족한 표정을
지었다. 무엇보다 큰 수확은 그가 집을 내놓지 않고 집착한
다는 것이다. 아마도 집에 살인과 관련된 증거가 있을 게
분명했다. 혹은 고서적들을 쌓아놓고 지내고 있을지도 몰
랐다.
   "진짜 미친놈이군."

둘 다라는 말은 차마 입 밖으로 안 나왔다. 당사자인 유명우 교수는 15년 내내 그자를 쫓고 있었고, 심지어 서점을 여는 기상천외한 방법으로 사냥꾼을 가까이 불러들였다. 그리고 자신에게 사냥꾼을 찾아달라는 제안을 했다. 다 짜인 판에 들어가는 것 같아서 그다지 내키지는 않았다. 마치 장기판의 장기 말이나 바둑판의 바둑알 같은 느낌이 든 것이다.

"괜히 복잡한 일에 끼어들었나?"

하지만 주어질 대가는 너무나도 달콤해서 차마 거절하지 못했다. 복잡해진 머리를 긁적거리며 걷는데 뒤통수로 알 수 없는 따가움이 느껴졌다. 뒤돌아봤지만 아무도 없었다.

"뭐지?"

다시 걷기 시작했지만 싸늘한 느낌은 여전히 지울 수가 없었다. 결국 누군지 확인하기 위해 버스 정류장에 멈춰 섰다. 그리고 버스가 오나 확인하는 척하며, 뒤따라오는 사람이 혹여 있나 살펴봤다. 하지만 친구와 떠들며 지나가는 아줌마나 휴대폰을 들여다보며 걷는 남학생, 담배를 물고 지나가는 아저씨뿐이었다. 어디에서도 감시의 눈길을 찾아보지는 못했다.

"아닌가?"

너무 예민한 게 아닌가 하는 생각을 하며 다시 전철역을 향해 발걸음을 떼려는 순간, 닭갈비집 옆 골목으로 뭔가가 스르륵 사라지는 느낌이 들었다. 조세준은 그쪽으로 조심스럽게 걸어갔다. 닭갈비집 옆 골목 안쪽에는 미용실과 떡볶이집이 있었는데 웬 꼬마가 천천히 걸어가는 뒷모습이 보였다.

"잘못 봤나."

고개를 갸웃거리고 돌아서려던 조세준은 혼자 걷던 꼬마가 걸음을 멈추고 뒤쪽을 슬쩍 바라보는 걸 느꼈다. 길을 잘못 들었거나 누굴 기다리는 것으로 보기에는 너무 어색한 동작이었다. 거기다 뒷모습이긴 하지만 낯익은 모습이었다.

"누구지?"

조세준이 중얼거리며 한 걸음 다가가자 꼬마는 갑자기 옆 골목으로 후다닥 사라졌다. 황급히 뒤따라갔지만 꼬마는 보이지 않았다. 뭔가 찜찜했지만 딱히 의심스러운 구석은 없었기에 조세준은 찜찜한 기분을 뒤로한 채 발길을 돌렸다. 바삐 오가는 사람들을 지나 전철역에 도착하자, 에스컬레이터를 타고 올라갔다. 군데군데 사람들이 타고 올라가던 에스컬레이터를 타고 중간쯤 올라가던 조세준은 아까랑 비슷한 느낌을 받고 뒤쪽을 바라봤다. 무표정하게 줄지어 올라오는 사람들이 보였다. 의심스러운 건 없었지만, 싸한 느낌은 도무지 사라지지 않았다.

"도대체 뭐야."

짧게 짜증을 낸 조세준은 투덜거리며 개찰구로 향했다. 마침 개찰구 위에 붙은 안내판으로 집으로 가는 방향의 전철이 도착한다는 메시지가 보였다.

"이런! 늦겠다."

조세준은 서둘러 계단을 뛰어 내려갔다. 그런데 계단 위쪽에서 누군가 자신을 빤히 내려다보는 모습이 살짝 스쳐 지나갔다. 급한 마음에 계단을 뛰어 내려간 조세준은 문이 닫히려는 전철 안으로 겨우 뛰어들 수 있었다. 기둥을 붙잡고 숨을 헐떡거리며 조세준은 고개를 들었다. 그 순간, 온몸에 소름이 돋았다. 자신을 바라봤던 건 다름 아닌 오형식이었기 때문이다.

"우연일까?"

기둥을 붙잡은 채 중얼거리자 옆에 서서 휴대폰을 들여다보던 남학생이 움찔하더니 자리를 옮겼다. 우연일 가능성에 대해 천천히 생각해봤다. 그 시간에 우연히 전철역으로 왔을 수도 있고, 급하게 뛰어 내려가는 자신을 의아한 마음으로 바라봤을 수도 있다고 말이다. 하지만 곧 고개를 저었다. 아무리 생각해도 우연일 리 없었다.

"그냥 나를 내려다본 거였어. 누군지 확인하려고."

확신에 찬 목소리로 중얼거리자 아까 자리를 피했던 학생이 들으라는 듯 헛기침을 했다. 처음 마주쳤을 때 오형식은 아들과 함께 뭔가를 사고 집으로 들어가는 중이었다. 그런데 불쑥 전철역에 모습을 드러냈다. 누굴 기다리거나 뭘 사러 왔다면 굳이 전철이 출발하는 쪽 계단을 내려다볼 이유가 없었다.

"결론은 내가 염탐한다는 걸 알아차렸다는 얘기네."

얼굴을 모른다는 안전장치가 단숨에 무너져버린 셈이다. 짜증이 난 조세준은 주먹으로 기둥을 쳤다. 그걸 본 남학생은 고개를 절레절레 흔들며 옆 칸으로 가버렸다. 뒤늦게 통증이 밀려오는 손을 흔들며 창밖을 보던 조세준은 고개를 갸웃거렸다.

"그런데 어떻게 날 미행한 거지?"

버스 정류장에서 확인할 때만 해도 오형식은 보이지 않았다.

"누가 대신 따라왔다는 얘긴데?"

그러자 닭갈비집 골목에서 봤던 꼬마의 어색한 뒷모습이 떠올랐다.

"빌어먹을, 아들을 시켜서 미행했군."

현관으로 들어가려던 아들이 돌아봤을 때 안 들켰다고 생각했는데 그게 아니었던 모양이다. 혀를 찬 조세준은 전철 밖으로 흘러가는 풍경을 말없이 바라봤다. 생각보다 만만한 일이 아닐 수도 있다는 생각에 두려움과 짜릿함이 동시에 밀려왔다.

"잘 정리해서 유튜브에 올리면 엄청나겠는데."

일단 집에 가서 생각을 정리하고, 앞으로 어떻게 촬영하고 정리할지 생각해보기로 한 조세준은 때마침 난 빈자리에 앉았다.

집으로 돌아가는 길에 조세준은 몇 번이고 돌아서서 미행이 있는지 확인했다. 오형식이 따라오지 않는다는 것을 확인한 조세준은 평소보다 문단속을 꼼꼼하게 하고 자리에 앉아 한숨을 돌렸다. 냉장고에 넣어둔 커피를 한 모금 마시고는, 방으로 돌아가서 유명우 교수에게 보낼 간단한 보고서를 작성했다.

- 용의자 중 한 명인 '아빠'의 거주지를 방문했습
니다. (……)

비교적 상세하게 적었지만 오형식의 아들이 미행을 했고, 마지막 전철을 탈 때 얼굴이 마주쳤다는 사실은 빼놨다. 잠시 고민했지만 혹여 정체가 들통났다는 이유로 지난

번에 얘기했던 탐정에게 일을 다시 의뢰할 수도 있겠다는
걱정 때문이었다.

"며칠 있다가 다시 가봐야겠어."

자신이 찍은 사진과 함께 이메일을 보낸 조세준은 의자
에 기댄 채 화면을 바라보며 중얼거렸다.

"아들은 뭐지?"

유명우 교수의 말대로 오형식이 가정 폭력을 휘두르는
상태라면 굉장히 수동적이어야만 했다. 하지만 아들은 아
버지를 대신해서 자신을 미행하는 등 오히려 도와주는 모
습을 보였다.

"스톡홀름 증후군인가?"

가해자의 편을 드는 피해자일지 아니면 자신을 학대하는
아버지에게 정신적으로 지배당하는 것인지 알 수 없었다.
하지만 오형식이 사냥꾼인지 아닌지를 알 수 있는 중요한
대목이라고 생각한 그는 몇 가지 필요한 조사에 대해 정리
한 후에 오형식의 집을 찍은 사진을 모니터 화면에 띄었다.

"사냥꾼은 15년 동안 뭘 했을까?"

15년 전에 유명우 교수의 아내와 딸을 죽이고, 이번에도
다시 찾아왔다. 사람을 둘, 아니, 고서점 주인까지 세 명이
나 죽였다면 그 이후의 삶은 어땠을까 생각해봤다. 유명우
교수에게 들었던 얘기가 떠올랐다. 사냥꾼은 15년간 사냥

을 멈추지 않았던 것이다. 아까 개봉동의 골목길에서 마주친 자가 유영철이나 정남규, 이춘재 같은 사이코패스 연쇄살인마일지 모른다는 생각이 들자 결론이 떠올랐다.

"평범하지는 않았겠지."

아마 눈에 띄지 않게 살인을 저질렀을 것이다. 그렇다면 희생자들을 어디론가 납치 후 살해해서 시신을 처리해야 했을 것이다. 기억 서점에 찾아온 사냥꾼이 했다는 말을 떠올리자 바로 수긍이 되었다.

"용의자 범위를 좁힐 수 있겠군."

사람들이 생각하는 것과 달리, 시신을 처리하는 건 결코 쉬운 일이 아니다. 수십 킬로그램에 달하는 살과 뼈, 그리고 머리카락같이 처치 곤란한 것투성이다. 거기다 대량의 혈액 역시 처리하기가 쉽지 않다. 물론 아무도 모르게 산속에 묻어버리거나 태워버리는 방법도 있지만 만약 사체가 발견될 경우 오히려 용의선상에 오르기 쉽다. 마지막까지 함께 있는 사람이 살인자일 가능성이 높기 때문이다. 그러니까 살인을 들키지 않기 위해서는 자신만의 안전한 공간에서 시신을 처리해야만 했다. 1990년대 대한민국을 떠들썩하게 했던 지존파 역시 살인을 저지른 후 아지트를 만들었던 것도 그 때문이었다. 오늘 살펴본 오형식의 집이 비교적 여유 공간이 있는 양옥집이라는 점과 반지하가 있다는 사실은 피살자의 시신을 처리할 수 있는 공간이 있다는 것을 의미했다.

"집을 팔려고 하지 않았어."

거기다 부동산 중개업자 김현주 실장의 말처럼 뭔가 미심쩍은 구석이 있는 건 확실했다.

"일단 그걸 확인해보자고."

만약 짐작하는 게 사실이라면 그다음 단계로 넘어가볼 생각이었다. 일단 첫 번째 사냥꾼 후보인 '아빠'에 대한 생각을 정리한 조세준은 유명우 교수가 보낸 두 번째 메일을 열어봤다.

"용의자 '새벽'이라……."

유명우 교수가 사냥꾼 후보 중 한 명으로 꼽은 '새벽'의 거주지는 신림 쪽이었다. 다음 날 오전, 조세준은 신림역에서 내려 버스를 타고 꽤 오랜 시간을 간 다음에야 그의 집 근처에 도착했다. 집으로 향하는 오르막 초입에는 마카롱과 커피를 파는 북 카페가 하나 보였다. 2층에는 피시방이 있었다. 경사로에 있어서 위태롭게 펄럭거리는 배너를 지나 가파른 경사 길을 올라갔다. 골목길에 접어들자 담장에 걸터앉은 길고양이가 나른한 눈으로 낯선 침입자를 바라봤다. 유명우 교수가 점찍은 또 한 명의 사냥꾼 후보인 김새벽의 집은 골목길 중간에 있는 다세대 빌라였다. 주소에 B 라고 적혀 있는 걸로 봐서는 반지하가 분명했다. 구불구불 한 골목길에 접어들자 낡은 다세대 빌라들이 보였다. 같은 시기에 지어진 듯 비슷비슷해 보였는데 다행히 문 옆에 주 소가 붙어 있어서 김새벽의 거주지를 확인할 수 있었다. 유 명우 교수는 책에 대해 무관심한 모습과 예상보다 많이 변 한 체형 때문에 가능성이 낮다고 봤지만 조세준은 그런 점 에 얽매이지 않기로 했다. 범죄 관련 유튜브를 오랫동안 해 오면서 느낀 점은 겉보기와 범죄는 크게 연관성이 없다는 점이었다. 어떤 사람들은 관상을 과학이라 말하기도 하지 만 천만의 말씀이었다.

"곱상하게 잘생겼지."

유영철 같은 연쇄살인마도 옆집에 살면 평범한 이웃이었 다. 악마는 마음속에 있을 뿐 겉으로 드러나지 않기 때문이 다. 아니면 유명우 교수의 말대로 어둠 그 자체라서 얼굴을 알아볼 수 없든지 말이다. 이런저런 생각을 하면서 걷다가 새벽이 사는 다세대 빌라 앞에 섰다. 별다른 특징이 없는 다세대 빌라였는데 현관 유리문에는 '전단지를 부착하지 마시오'라는 문구가 쓰인 종이가 붙어 있었다. 주변을 살핀 그는 유리문을 열고 안으로 들어갔다. 지하로 내려가자 서 로 마주 보고 있는 두 개의 문이 보였다. 조세준은 그중 오른쪽에 있는 B101호를 바라봤다. 옅은 회색에 붉은색 전자 도어락이 달린 문 너머가 바로 사냥꾼 후보 중 한 명인 김새벽이 머무는 곳이었다. 간단하게 주변을 살펴봤지만 이상한 점은 눈에 띄지 않았다.

"뭔가를 저지를 만한 공간으로는 안 보이는데?"

어제 찾아갔던 오형식의 집은 반지하가 있는 넓은 양옥집이었고, 주택이라서 주변과도 거리가 어느 정도 떨어져 있었다. 하지만 김새벽의 집은 다닥다닥 붙은 다세대 주택이라 고등어만 구워도 옆집에서 알아차릴 정도였다.

"물론 아지트는 다른 곳에 있을 수도 있지."

문을 보면서 중얼거린 조세준은 혹시나 '새벽'을 마주칠까 봐 서둘러 계단을 올라 밖으로 나왔다. 유명우 교수가 보내준 메일에는 김새벽이 자주 가는 장소들도 적혀 있었다. 그중 한 곳이 바로 북 카페 위층의 피시방이었다.

"어차피 돌아가는 길이니까 한번 가볼까?"

왔던 골목길을 도로 내려가는데 담장 위의 고양이가 빤히 바라봤다. 내리막길 끝자락에 이른 조세준은 북카페 2층에 있는 피시방으로 들어갔다. 아직 낮이라 그런지 한산했다. 과자가 잔뜩 놓인 카운터 앞에 있던 안경 쓴 남자 아르바이트가 "어서 오세요" 하고 무미건조한 인사말을 했다. 조세준은 웃으며 대답했다.

"친구 찾아왔어요. 잠깐 둘러보고 자리에 앉을게요."

알겠다는 말을 듣고 돌아선 조세준은 피시방 안을 천천히 돌아봤다.

"없나?"

헤드셋을 쓰고 무표정한 얼굴로 모니터를 보고 있는 남자 손님들은 다 비슷비슷해 보였다. 거의 다 살펴봐서 포기하려는 찰나, 제일 안쪽의 으슥한 곳에 자리 잡은 김새벽을 발견했다. 가까이 가면 들키거나 의심받을 수 있기 때문에, 그의 자리를 대각선으로 살펴볼 수 있는 자리에 앉은 조세준은 컴퓨터를 켜고 화면을 들여다봤다. 그리고 가지고 온 고릴라포드를 세우고 휴대폰을 끼웠다. 주변에 아무도 없는 걸 확인한 조세준은 동영상 녹화 버튼을 누른 후 속삭이듯 말했다.

　- 안녕하십니까, 여러분. 저는 지금 15년간 살
　인을 저질러온 연쇄살인마의 유력한 후보를 추
　적 중입니다. 바로 이 피시방에 있으며, 제가 보
　이는 곳에 자리 잡고 있습니다. 겉으로 보기에는
　지극히 평범한 동네 아저씨처럼 보이지만 그의
　내면에는 악마가 잠들어 있을지도 모릅니다.

속삭이듯 얘기한 조세준은 김새벽이 게임에 열중하는 것을 보고는 고릴라포드를 살짝 들어서 그를 찍었다. 들킬까 봐 조마조마했지만 다행히 들키지 않고 영상을 담을 수 있었다. 한숨을 쉰 조세준이 고릴라포드에서 휴대폰을 떼어 내는데 갑자기 안경 쓴 아르바이트가 다가왔다. 들킨 게 아닐까 놀란 조세준이 당황하는 사이, 그의 앞을 지나간 아르바이트가 김새벽 옆에 멈춰 섰다.

"아저씨! 자꾸 이상한 거 보시면 어떡해요?"

카랑카랑한 아르바이트의 목소리가 창문을 모두 가려놓고 조명만 희미하게 켜놓은 어두운 피시방 안에 울려 퍼졌다. 아르바이트의 말을 들은 김새벽이 헤드셋을 벗는 게 보였다.

"아무도 안 보잖아. 소리도 안 나는데 왜 자꾸 그래."

"사장님이 지난번에도 얘기했잖아요. 이런 데서 야동을 보면 안 되죠."

"뒤가 벽이고 사람도 없잖아."

김새벽이 뒤쪽 벽을 가리키며 목소리를 높였다. 그러자 아르바이트가 두 손을 허리에 짚은 채 고개를 저었다.

"컴플레인이 몇 번 들어온 줄 알아요? 여중생 앞에서 바지에 손 집어넣고, 음량 높여서 옆에 있던 손님들이 놀란 게 한두 번이 아니라고요!"

"아이 씨, 내가 뭘 잘못했다고!"

"돈 안 받을 테니까 그만하고 가세요, 이제."

"내 돈 내고 본다는데 왜 쫓아내!"

"지금 사장님이 오고 계세요. 도착해서 아저씨 있으면 경찰에 신고하겠다고 전해달래요."

경찰이라는 말에 지금까지 기세등등하던 김새벽이 움찔하는 게 보였다. 그러고는 곧바로 미안하다는 말과 함께 자리를 떴다. 김새벽이 허겁지겁 일어나는 걸 본 아르바이트가 한껏 짜증 난 표정으로 휴대폰 버튼을 눌러 사장과 통화했다. 김새벽이 나갔다는 얘기를 하고, 푸념을 늘어놓은 아르바이트가 통화를 끝내고 카운터로 돌아가려고 했다. 조세준은 궁금해죽겠다는 표정으로 말을 걸었다.

"왜 쫓아낸 거예요?"

아르바이트가 얼굴을 찡그리며 뒤통수를 긁적거렸다.

"말도 마세요. 맨날 와서 이상한 거만 본다니까. 아우 짜증나."

"이상한 게 뭔데요?"

"야동이요, 야동. 진짜 질리지도 않나 봐요."

"무슨 배짱으로 피시방에서 그런 걸 보죠?"

"몰라요. 진짜, 아무튼 항의가 엄청 많이 들어와서 뭐라고 했는데 꿈쩍도 안 해요. 그 아저씨 등쌀에 못 견디고 관둔 알바가 한두 명이 아니래요."

"아이고야. 너무하네."

조세준이 혀를 차며 맞장구를 치자 아르바이트가 몇 가
지 얘기를 들려줬다.

"거기다 소문은 얼마나 안 좋은지 몰라요."

"무슨 소문이요?"

"전자발찌요. 그걸 차고 다닌다는 소문이 돌아요."

아르바이트의 말에 조세준은 얼굴을 찌푸렸다. 사냥꾼은
그동안 눈에 띄지 않게 살인을 저질러왔다. 따라서 전자발
찌를 찰 만한 짓을 저지를 것 같지는 않았다. 거기다 피시
방에서 대놓고 야동을 보면서 눈길을 끌 것 같지도 않았다.
하지만 직접 확인하기 전까지는 판단할 생각이 없었다. 몇
마디 더 투덜거린 아르바이트가 카운터로 돌아갔다. 조세
준은 바로 따라 일어나기도 애매해서 그대로 남았다. 마침
유명우 교수가 세 번째이자 마지막 사냥꾼 후보라고 할 수
있는 목수 김성곤의 프로필과 개인정보가 담긴 이메일을
보내왔다. 조세준은 마우스를 클릭해서 이메일을 열었다.
세 후보 중에 가장 사냥꾼처럼 보이는 것은 목수 김성곤이
었다.

"어쨌든 날붙이를 다루잖아."

생각에 잠겨 있던 그는 다시 고릴라포드를 꺼내서 휴대

폰을 끼우고 영상을 켰다.

　- 대부분의 사람들은 피와 죽음을 두려워합니다.
익숙하지도 않고 좋지 않다는 걸 어릴 때부터 다
방면으로 듣고 교육을 받기 때문이죠. 하지만 소
수의 사이코패스들, 그리고 한 걸음 더 나아가
연쇄살인마들은 살인과 죽음을 두려워하지 않습
니다. 왜 그런 줄 아십니까?

　잠시 뜸을 들인 조세준은 휴대폰 화면에 대고 손가락질
을 하면서 말을 이어갔다.

　- 남의 일이니까요. 내가 고통받는 게 아니고, 내
가 손해 보는 게 아니거든요. 그래서 그들은 살
인을 저지릅니다. 재미있고, 돈도 벌고, 무엇보
다 공포에 떠는 피해자들의 모습을 보는 게 인생
의 쾌락이거든요. 여러분…….

　아랫입술을 질끈 깨문 조세준은 휴대폰 화면을 보며 입
을 열었다.

– 연쇄살인마는 인간의 탈을 쓴 악마입니다. 그
러니까 먼저 알아보고 피하는 수밖에 없습니다.
물론 머리에 뿔 같은 건 없지만 말이죠.

계속 떠들면 이상하게 여길 것 같아서 휴대폰 화면을 끈
조세준은 피시방을 나섰다. 쫓겨난 김새벽이 어디로 갔을
지 생각해봤다.

"그냥 집으로 갔겠지?"

아까 내려왔던 골목길을 따라 올라갔다. 이번에는 길고
양이와 마주치지 않았다. 해가 떨어지면서 가로등이 하나
둘 켜지는 중이었다. 어둑해진 골목길을 걸어서 김새벽이
사는 다세대 주택 앞에 도착한 그는 발걸음을 멈췄다. 주변
을 돌아보고는 가방에서 짐벌을 꺼내 휴대폰에 끼웠다.

"101호가 오른쪽이었지?"

다세대 주택은 지어진 지 꽤 됐는지 1층에 주차 공간이
없고, 앞쪽에 차 한 대를 놓을 정도의 공간이 나왔다. 그쪽
으로는 창문이 보이지 않았는데 101호가 있는 오른쪽으로
돌아가자 녹색 쇠창살이 쳐진 반지하의 창문이 보였다. 빛
이 환하게 새어나왔는데 가까이 다가가자 김새벽의 뒷모습
이 내려다 보였다. 벽에 바짝 붙은 조세준이 조심스럽게 고
개를 내밀고 창문 안쪽을 살폈다. 방으로 보이는 공간에는

창가를 등진 채 의자에 앉아 컴퓨터 모니터를 들여다보는 김새벽이 있었다. 자세히 살피려고 발을 살짝 내미니, 바닥에 모래가 있는지 신발 밑창에서 갈리는 소리가 났다. 창문이 열려 있는 상태라 혹여 소리가 들렸을까 걱정했지만 아까 피시방에 있을 때처럼 헤드셋을 쓰고 있어서 들리지 않는 듯했다. 하얀 러닝셔츠에 줄무늬 트렁크 팬티를 입은 김새벽은 뚫어져라 화면을 들여다봤다. 처음에는 김새벽을 찍었는데 뒤쪽 벽에 뭔가를 붙여놓은 걸 보고 그쪽으로 휴대폰 방향을 바꿔서 몇 장 더 사진을 찍었다. 그리고 몇 걸음 더 옆으로 옮겨서 김새벽이 보는 모니터도 찍었다. 그때 발소리를 들었는지 김새벽이 갑자기 고개를 돌리려고 했다. 하지만 헤드셋이 엉켰는지 조세준이 있는 곳까지는 고개를 돌리지 못했다. 김새벽이 헤드셋을 벗는 사이, 조세준은 벽에 바짝 붙었다. 창가에 선 김새벽의 숨소리가 들렸다. 다행히 창문에서 볼 수 없는 위치에 자리 잡아, 김새벽이 창문을 닫는 것으로 마무리됐다. 골목길로 나온 그는 짐벌에서 휴대폰을 빼낸 후 잠시 서성거렸다. 골목 입구에서 차가 들어오는 중이라 헤드라이트의 빛이 강하게 들어왔다. 조세준은 옆으로 비켜선 후 발걸음을 재촉했다. 버스를 타고 전철역에 도착한 조세준은 때마침 도착한 전철을 타고 집으로 향하면서 생각했다. 일단 김새벽은 좁은 집이나 조심스럽지 않은 성격을 감안하면 사냥꾼일 가능성이 적었다. 하지만 만약 또 다른 곳에 아지트가 있다면 얘기는 달라졌다. 게다가 어쩌면 이 모든 게 함정일지도 모른다는 생각이 들었다. 눈에 띄는 짓을 하고 다니면 자기처럼 주변에서 조사하던 사람들이 지레짐작으로 아니라고 생각하게 만들 수도 있었기 때문이다. 머리가 복잡해진 조세준은 기둥에 머리를 기댔다.

"자료 정리를 좀 해야겠어. 어떻게 꼬리를 잡을지도 고민해보고 말이야."

길게 한숨을 쉰 조세준은 눈을 감았다. 전철이 덜컹거리며 앞으로 나아갔다. 집에 도착한 조세준은 컴퓨터를 켰다. 유명우 교수가 보낸 이메일을 살펴보니 마지막 사냥꾼 후보인 김성곤에 관한 정보들이 적혀 있었다. 그가 천안에서 목공소를 하고 있고, 온오프라인으로 고서적 관련 강좌들을 진행하고 있다고 했다.

"잘됐군. 천안 가기 전에 먼저 강좌를 들어봐야겠어."

링크를 타고 들어가서 가장 가까운 시기에 진행하는 강좌를 살펴봤다.

"이틀 후 광화문 북카페에서 강연이 있군."

참가 신청을 한 그는 잠을 청할까 하다가 혹시 몰라 아까 김새벽의 방을 찍은 사진들을 컴퓨터 하드에 옮겨 한 장 한

장 살펴봤다. 처음에는 무심코 넘겼는데 곧 표정이 굳어지
고 말았다. 그리고 마지막에 김새벽이 보고 있던 모니터 화
면을 찍은 사진을 보고는 저도 모르게 벌떡 일어났다. 방
안을 빙빙 돌며 생각을 거듭하던 그는 다시 의자에 앉아 유
명우 교수에게 이메일을 보냈다. 내일 당장 만나고 싶다는
내용이었는데 바로 내일 오후에 방문하라는 답장이 왔다.

7

용의자들

다음 날, 책을 읽던 유명우 교수는 약속 시각에 기억 서점을 방문한 조세준을 반겼다.

"어서 오십시오."

"바쁘신데 시간을 내주셔서 감사합니다."

"보시다시피 아직 손님이 많은 편은 아니라서요."

"어제까지 오형식과 김새벽을 조사해봤습니다. 일단 김새벽은 살인자가 아닐 가능성이 크다고 봅니다."

"여기 왔을 때도 비슷한 느낌을 받긴 했습니다만."

더 설명해보라는 듯한 유명우 교수의 시선에 조세준은 서가의 책들을 보면서 말했다.

"눈에 띄는 행동을 너무 많이 합니다. 다세대 주택의 반지하에 있는 좁은 방에 사는데, 시체를 처리하기에는 부적절하지 않습니까? 보는 눈도 많고요. 다른 곳에 아지트가 있다면 모르겠지만요."

"그건 확인해보겠습니다."

"처음 피시방에서 봤을 때는 그저 변태라고만 생각했습니다."

조세준을 바라보며 얘기를 듣던 유명우 교수가 물었다.

"아까 얘기도 그렇고 뭔가 다른 걸 찾으신 모양이군요."

"사진을 먼저 보시는 게 좋겠습니다."

매고 온 가방에서 아이패드를 꺼낸 조세준은 화면을 켜서 유명우 교수에게 넘겼다. 두 손으로 패드를 받은 유명우 교수의 표정을 살핀 조세준이 말했다.

"그자가 사는 반지하 방의 벽에는 교수님 사진이 잔뜩 붙어 있었습니다. 방송국으로 가는 모습과 촬영하는 모습을 멀리서 잡았네요. 중간에 고층 아파트를 찍은 사진이 있는데 혹시 사시는 곳입니까?"

"얼마 전까지 살던 곳입니다. 기억 서점을 열기 위해 팔았습니다."

"만나보셨을 때 어땠습니까?"

조세준의 물음에 유명우 교수는 기억을 더듬으며 얼굴을 찡그렸다.

"나처럼 프랑스 유학을 갔다가 돌아왔다고 했습니다. 그리고 책에는 별로 관심이 없었죠."

"교수님을 스토킹하다가 직접 찾아온 거였군요."

유명우 교수는 아이패드의 사진들을 힐끔 보고는 고개를 저었다.

"사실 아이돌 그룹의 사생까지는 아니지만 스토커는 몇 명 있었습니다. 방송으로 얼굴이 팔리면 감수해야 하는 일이죠."

"뒤쪽을 보시죠. 사실 그게 더 큰 문제 같습니다."

조세준의 말에 유명우 교수는 다시 아이패드를 보면서 화면을 넘겼다. 그러고는 놀란 표정을 지었다.

"뭡니까?"

"김새벽이 보던 모니터 화면입니다. 찍으려고 한 건 아닌데 우연찮게 각도가 맞았던 모양입니다."

"확실히 정상은 아니군요. 스너프 필름이라니."

유명우 교수의 물음에 조세준이 고개를 끄덕거렸다.

"맞습니다. 몇 년 전 한바탕 난리가 났던 다크 웹에서나 볼 수 있는 거죠."

"변태라는 말로는 설명이 부족한 자군요."

조세준은 다시 아이패드를 돌려받으면서 대답했다.

"저도 보고 깜짝 놀랐습니다. 이자가 사냥꾼일 수도 있겠다는 생각이 들더군요."

"사냥꾼일 수 있겠다고요?"

"살인이든 뭐든 15년간 정상적으로 살지는 않았을 겁니다. 살인을 계속했을 수도 있고, 다른 것으로 자신의 욕구를 해소했을 수도 있습니다."

유명우 교수는 이해가 안 된다는 표정을 지으며 물었다.

"그게 다크 웹에 빠진 이유일까요?"

"운영에 관여하게 되면 돈을 벌 수 있으니까요. 만약 살인을 계속 저질렀다면 돈이 필요했을 겁니다. 생활을 해야 하고, 또 시신을 처리하려면 말입니다."

조세준의 설명을 듣고 있던 유명우 교수의 표정이 복잡해졌다.

"미처 생각하지 못한 부분이군요."

"일단 좀 더 감시해봐야 할 거 같습니다."

아이패드를 가방에 넣은 조세준이 덧붙였다.

"그리고 오형식 역시 의심스러운 구석이 있습니다."

"아들과 함께 온 손님 말이군요."

"맞습니다."

"왜 그렇게 생각하셨습니까?"

"일단 집이요."

"사는 곳 말입니까?"

"네, 넓은 마당이 있는 양옥집에 아들과 같이 살고 있었습니다. 주변 부동산에 물어보니까 절대 집을 팔지 않는다고 하더군요. 김새벽도 의심스러웠지만 집이 너무 좁아서 시신을 처리할 만한 공간이 없었습니다."

"그것만 가지고 판단하기는 애매하지 않나요?"

"주변 사람들 반응도 매우 안 좋았습니다. 뭔가 감추고 있거나 혹은 감추려고 노력 중인 것 같습니다."

심각한 표정으로 얘기하며 팔짱을 낀 조세준에게 유명우 교수가 말했다.

"좀 더 조사해봐야겠군요."

"안 그래도 방금 전에 흥미로운 걸 하나 알아냈습니다."

"뭡니까?"

유명우 교수는 휠체어의 손잡이에 끼워져 있던 휴대폰을 꺼내서 보여줬다.

"가족관계등록부에 따르면 오형식은 혼자입니다."

"네? 아들이랑 같이 살고 있던데요."

"서점에도 둘이 같이 왔습니다. 그런데 서류상으로는 혼자 살고 있었습니다. 그 애기는 두 가지를 의미합니다. 친자식인데 출생신고를 하지 않았거나 혹은 고아원에서 입양하면서 가족으로 등록하지는 않았다는 걸 의미하죠."

"어느 순간 사라져도 법적으로 아무런 조치를 취할 수 없다는 뜻이군요."

유명우 교수가 휴대폰을 도로 휠체어 손잡이에 끼워 넣으면서 말했다.

"물론 주변에 둘이 같이 다니는 걸 본 사람이 너무 많긴 합니다. 하지만 만약 오형식이 아들과 함께 떠나 주변 사람들 시선에서 멀어진다면 아들이 사라져도 알아차릴 사람이 없습니다. 원래 미취학 아동들은 학교에 입학할 때가 되어도 나타나지 않으면 경찰이 조사에 나서게 되어 있거든요."

"알고 있습니다."

"하지만 오형식의 아들은 아예 입적이 되어 있지 않으니까 조사 대상에도 들어가지 않습니다."

사태의 심각성을 깨달은 조세준은 한숨을 쉬었다.

"일이 벌어지기 전에 막아야겠군요."

"안타깝지만 현재로서는 방법이 없습니다. 제가 서점에 한번 찾아오라고 연락해봤지만 낌새를 챘는지 바쁘다는 핑계를 대더군요."

"무슨 핑계요?"

"내일 강남 코엑스 센터의 별마당 도서관에 가야 한다고요. 거기서 열리는 안데르센 관련 전시회와 강연에 참석해야 한다는 핑계를 댔습니다."

유명우 교수의 얘기를 들은 조세준은 잠시 생각에 잠겼다가 입을 열었다.

"제가 가보겠습니다. 강연이 몇 시입니까?"

"오후 4시에 시작됩니다. 그자의 정체를 밝혀낼 방법이라도 있습니까?"

"차차 생각해봐야죠. 그자의 신경을 건드려서 폭발하게 만들면 어떨까 싶습니다만."

유명우 교수의 물음에 손으로 턱을 만지작거리던 조세준이 대답했다.

"일단 아동 학대 혐의로 잡아 넣으면 집을 살펴볼 기회가 있을 것 같습니다."

"아무래도 그렇겠죠."

"집을 뒤지면 뭔가 나올 게 분명합니다."

조세준의 얘기를 듣던 유명우 교수가 문득 생각났는지 물었다.

"목수 김성곤은 어떻습니까?"

"내일 별마당 도서관에서 오형식을 만나보고, 광화문에 있는 북카페로 가볼 생각입니다. 거기서 김성곤의 강연이 있으니까 지켜볼 수 있는 기회가 될 겁니다. 그리고 모레, 그 사람의 집을 찾아가보려고요."

"작업실은 천안역 근처에 있습니다. 거기에 붙어 있는 단층 주택에서 생활하는 것 같더군요."

"주소지는 확인했습니다."

"그럼 잘 부탁드립니다."

유명우 교수의 말에 조세준은 가볍게 고개를 끄덕였다.

다음 날, 조세준은 시간에 맞춰 코엑스의 별마당 도서관으로 향했다. 코엑스 안으로 들어가서 한참을 걸어간 그는 갑작스럽게 나타난 엄청난 높이의 서가들을 보고 발걸음을 멈췄다. 광장처럼 넓은 공간은 물론 에스컬레이터로 이어지는 2층 공간까지 잡아먹은 엄청난 높이였다. 적당한 조명이 켜져 있어서 위압감보다는 친근함이 느껴졌다. 조세준은 오형식과 그의 아들을 찾기 위해 별마당 도서관을 가로질러 걸었다. 넓은 공간 중간중간에 책을 읽을 수 있는 긴 테이블과 전시회를 위해 임시로 설치한 것 같은 유리 케이스 전시대가 보였다. 유리 케이스 안에는 안데르센 동화책들이 연도별로 정리되어 있었고, 아래쪽에는 깨알 같은 글씨로 책에 대한 설명이 붙어 있었다. 흥미로웠지만 따로 할 일이 있었기 때문에 구경하는 척하면서 주변을 살펴봤다. 에스컬레이터 옆에는 강연 같은 것을 할 수 있는 야트막한 단상이 있었고, 주변에 의자들이 놓여 있었다. 의자들 옆에는 안데르센 동화 전문가이자 번역가의 강연이 있음을 알리는 배너가 세워져 있었다.

"강연회를 들으러 온다고 했지?"

조세준의 눈에 아들 손을 잡고 서 있는 오형식의 뒷모습이 보였다. 목에 명찰을 걸고 있는 중년 남성과 얘기를 주고받는 중이었다. 조세준은 자신의 얼굴을 알고 있는 그의 시선을 피하면서 조심스럽게 다가갔다. 중간에 오형식의 손을 잡고 있던 아들이 뭔가 낌새를 챘는지 돌아봤다. 순간 얼어붙었지만 때마침 앞을 지나가는 사람이 가려주는 바람에 간발의 차이로 뒤돌아설 수 있었다. 왔던 방향으로 다시 걸어간 조세준은 기둥 뒤에 숨어서 한숨을 돌렸다.

"젠장, 들킬 뻔했네."

강연이 임박했는지 사람들이 하나둘 모여들었다. 오형식 아들의 시선을 피할 방법을 고민하던 조세준은 좋은 생각을 떠올렸다. 그는 가방에서 짐벌을 꺼내 휴대폰을 끼우고 태연스럽게 강연장 쪽으로 걸어갔다. 휴대폰으로 얼굴을 가린 채 접근한 것이다. 단상 앞 의자는 절반 정도 채워졌고, 속속 사람들이 앉는 중이었다. 오형식은 예상한 대로 제일 앞줄에 아들과 나란히 앉아 있었다. 바로 앞에 마이크를 든 중년 여성이 강연회의 시작을 알렸다.

　　－ 여러분, 잠시 후에 안데르센 동화 전시회와 함께하는 강연 〈안데르센, 그는 누구인가?〉를 시작하겠습니다. 관심 있는 분들은 참석을 부탁드립니다. 강연은 국내 최고의 안데르센 전문가로 손꼽히는 송창희 선생님께서 해주실 예정입니다.

몇 차례 안내 방송이 나오는 와중에 조세준은 촬영을 하는 척하면서 주변을 돌았다. 다행히 아이는 앞쪽을 바라보고 있었는데 아마 오형식에게 집중하라는 주의를 받은 것 같았다. 그 모습을 보던 조세준은 희미한 미소를 지었다. 옆으로 돌아간 그는 강단 아래에서 강연을 지켜보던 중년 여성에게 다가갔다.

  "뭘 도와드릴까요?"

  "네, 책 관련 유튜브 방송을 하는 북튜버인데요. 혹시 인터뷰를 부탁드릴 수 있을까요?"

  "물론이죠. 강연 끝나고 해드릴게요."

  신이 난 표정의 중년 여성에게 조세준이 말했다.

  "강연하시는 분 인터뷰 전에 관객들을 먼저 인터뷰해도 될까요? 그게 제 컨셉이라서요."

  "상관없긴 한데 오시는 분들을 제가 잘 알지 못해서요."

  "괜찮습니다. 제가 인터뷰하고 싶다고 말만 전해주시면 됩니다."

  "그거야 가능하죠."

  상대방의 대답을 들은 조세준은 턱으로 오형식과 그의 아들 쪽을 가리켰다.

  "아까 보니까 아버지와 아들이 앞줄에 앉아 있던데요."

  "아! 알아요. 일찌감치 와서 송 선생님과 얘기를 나누더라고요. 요즘 저런 아버지 흔치 않은데."

고개를 끄덕거린 조세준이 강단 옆에 있는 에스컬레이터 쪽 서가를 가리켰다.

"저쪽 뒤에서 기다리고 있겠습니다. 강연 끝나면 그쪽으로 좀 보내주세요. 뒤따라 강연자분도 인터뷰하겠습니다."

"그러시죠."

"고맙습니다."

인사를 나눈 조세준은 천천히 에스컬레이터 쪽 서가로 향했다. 에스컬레이터 옆 서가는 구석진 곳에 있어서 사람들의 눈길을 피하기에 좋았다. 반면, 낌새가 이상하면 바로 소리를 쳐서 도움을 청할 수 있는 곳이기도 했다. 서가 뒤에 선 조세준은 마이크를 통해 들리는 강연자의 목소리에 귀를 기울였다. 어느 순간, 고맙다는 말이 들리면서 박수 소리가 이어졌다. 고개를 옆으로 빼서 살펴보자 강연이 끝났는지 관객들이 박수를 치는 중이었다. 그중에서 제일 앞자리에 앉은 오형식이 가장 열정적으로 박수를 쳤다. 그걸 본 조세준이 중얼거렸다.

"가면을 쓴 것 같군."

아들 역시 가면의 일환으로 끌고 다니는 것 같았다. 다정한 아빠의 모습을 보여주면서 속에 감춰진 것을 숨기고 있는 게 분명했다. 누군가 자신을 지켜보는지 모른 채 열심히 박수를 치던 그에게 중년 여성이 다가가는 모습이 보였다. 자신이 있는 쪽을 가리킬 게 뻔했기에 조세준은 얼른 서가 뒤로 몸을 숨겼다. 여차하면 휴대폰을 끼운 짐벌을 몽둥이처럼 휘두를 생각에 몇 번 연습을 하는데 오형식이 아들과 함께 다가오는 발소리가 들렸다. 조세준이 휴대폰을 끼운 짐벌로 얼굴을 가리고 있어서 처음에는 못 알아봤지만 나중에 얼굴을 알아보고는 표정이 굳어졌다. 조세준은 태연하게 말을 걸었다.

"만나서 반갑습니다. 유튜버 조세준이라고 합니다."

그가 모른 척 말을 걸자 오형식은 다소 불편한 얼굴로 앞에 섰다. 여전히 아들 손을 꽉 잡고 있는 걸 본 조세준은 짐벌에 끼운 휴대폰을 들이대면서 질문을 던졌다.

"아드님이랑 사이가 좋아 보이시네요. 책에 관심이 많으신가 봐요?"

"그래서 온 거 아니겠습니까?"

"그런가요? 사시는 집이 마당도 넓고 좋던데요."

조세준이 대뜸 집 얘기를 꺼내자 오형식 역시 바로 눈빛을 바꿨다.

"당신, 누구야?"

오형식이 굳은 표정으로 묻자 조세준은 짐벌에 끼운 휴대폰을 흔들면서 말했다.

"여기 보는 사람들이 많아요."

"누구냐니까!"

"책에 관심이 많은 사람이죠. 그래서 인터뷰를 요청한 거고요."

"우리 집 몰래 염탐한 거 다 알아."

"염탐한 게 아니라 집을 사려고 돌아본 겁니다. 너무 자기중심적이시군요."

"너 같은 쥐새끼랑 할 얘기 없어."

사납게 대꾸한 오형식이 돌아서려고 하자 조세준은 준비했던 얘기를 꺼냈다.

"제가 어떻게 미행을 눈치챘는지 궁금하지 않으십니까?"

예상대로 오형식의 움직임이 멈췄다. 조세준은 오형식과 손을 잡고 있던 아들을 바라봤다. 그의 시선이 아들에게 향한 걸 본 오형식은 눈살을 찌푸렸다.

"거짓말하지 마!"

"아드님이 자기한테 미행하라고 시켰다고 다 털어놓았습니다."

아빠의 손을 잡고 있던 아들 눈이 한없이 커진 걸 본 조세준은 오형식을 바라보며 씩 웃었다. 그리고 짐벌에 끼운 휴대폰을 들이댔다.

"심경이 어떠십니까?"

"무슨 수작이야?"

오형식의 목소리가 커지자 에스컬레이터를 타고 내려오던 사람들의 시선이 햇살처럼 쏟아졌다. 그들 시선에 오형식이 잠깐 멈칫하는 사이 조세준은 휴대폰을 짐벌에서 빼면서 말했다.

"이것으로 인터뷰를 끝내겠습니다."

화를 내려던 오형식은 주변의 시선 때문에 차마 덤벼들지 못했다. 어느 정도 예상했던 일이라 조세준은 유유히 빠져나왔다. 뒤에서 아니라고 하는 아들의 애원과 화를 내는 오형식의 목소리가 번갈아가면서 들렸다. 불화와 의심의 씨앗을 심는 데 성공한 조세준은 느긋하게 전철역 쪽으로 걸어갔다. 통로 중간에 있는 가게들을 살펴보면서 뒤쪽을 돌아봤다. 오형식이 아들 손을 잡고 따라오는 게 보였다. 계획대로 되어간다는 사실에 조세준은 천천히 발걸음을 옮겼다. 오형식에 관한 자료를 봤을 때 가장 눈에 띄는 건 '계획'이었다. 자신과 주변의 모든 것들은 자기 의지대로, 그리고 자기 계획대로 진행되어야만 하는 타입이었다. 주변을 뒤흔들어놓으면 못 견디는 타입이었다. 그는 지난번에 들렀던 개봉동의 복덕방으로 전화를 걸었다.

"안녕하세요, 김현주 실장님. 지난번에 들렀던 사람인데요. 그때 소개해주셨던 집이랑 옆집을 같이 사고 싶습니다.

네네, 안 판다고 했지만 돈 앞에 장사 있겠습니까? 5천만 원 더 얹어준다고 말씀해주세요. 성사되면 사장님한테도 섭섭하지 않게 챙겨드리죠. 지금 방문해도 되겠습니까? 한 시간이나 두 시간 후에. 꼭 부탁드립니다."

김현주 실장은 지난번처럼 불길하다고 만류했지만 돈을 더 얹어주겠다는 말에 굴복하고 말았다. 일부러 큰 목소리로 통화를 끝낸 조세준은 옆에 있는 상점의 유리 칸막이를 힐끔 바라봤다. 역시나 예상했던 대로 오형식이 바짝 붙어서 따라오는 중이었다. 아마 통화한 내용도 들었을 게 분명했다. 예상대로 몇 걸음 후에 뛰어온 그가 조세준의 어깨를 움켜잡았다.

"너, 뭐 하는 놈이야."

몸을 돌린 조세준은 이글거리는 오형식의 눈빛을 마주 보았다. 그리고 씩 웃으며 말했다.

"유튜버라니까."

순간 폭발해버린 오형식이 그에게 주먹을 날렸다. 둔탁한 주먹질 소리에 지나가던 사람들이 놀라서 비명을 질렀다. 조세준이 쓰러지자 멱살을 잡은 오형식이 연거푸 주먹질을 했다.

"이 새끼가 누굴 놀려!"

그 와중에 옆에 있던 아이가 놀랍도록 평온한 모습으로

지켜봤다. 지켜보던 사람들 중 누군가가 경찰을 부르라고 외쳤다. 조세준은 통증을 느끼면서도 일이 생각만큼 잘 풀려간다는 생각에 씩 웃었다.

　조사를 마치고 경찰서에서 나온 조세준은 텅 빈 주차장 끝자락의 벤치로 향했다. 주변에 아무도 없는 걸 확인하고는 휴대폰 영상 통화를 켰다. 잠시 후, 전화를 받은 유명우 교수는 상처투성이인 얼굴을 보고 깜짝 놀랐다.
　"무슨 일입니까?"
　"코엑스에서 오형식에게 좀 두들겨 맞았습니다."
　"그자가 그렇게 무모하던가요?"
　"그건 아니고, 제가 신경을 좀 건드렸습니다."
　"맙소사, 사냥꾼일지도 모르는데요? 얼마나 위험한지는 저만큼 아시지 않습니까?"
　놀란 유명우 교수에게 조세준이 대수롭지 않다는 표정을 지었다.
　"보는 눈이 많았으니까요. 어쨌든 사람들 앞에서 대놓고 저를 두들겨 패는 바람에 경찰에 잡혀갔습니다."
　"시간을 벌 속셈이었군요."
　대뜸 속내를 간파하여 말하는 유명우 교수의 말에 조세준은 쓴웃음을 지었다.

"맞습니다. 조만간 경찰 조사를 받을 거라고 하더군요. 그 사이에 집을 좀 살펴보면 단서를 찾을 수 있지 않을까 싶어서요."

"위험하지 않겠습니까?"

"사냥꾼이라는 단서를 찾으면 모든 문제가 해결됩니다. 살짝 합법의 선을 넘어보려고요."

"살짝 선을 넘는 의미로 비밀번호를 알아보겠습니다."

유명우 교수의 제안에 조세준이 고개를 끄덕거렸다.

"조만간 소환될 거 같으니까 그 타이밍에 들어가 보겠습니다."

"알겠습니다. 치료 잘 하십시오."

웃으면서 통화를 마친 조세준은 벤치에 앉아서 동영상 버튼을 켰다.

 - 얼굴이 좀 엉망이죠? 사실은 오늘 사냥꾼으로 추정되는 사람과 몸싸움을 벌였습니다. 말이 몸싸움이지 그냥 제가 얻어터진 것에 불과합니다. 저를 때린 사람은 경찰에 체포돼서 곧 조사를 받을 예정입니다. 제가 왜 그와 시비가 붙고 얻어맞았는지는 곧 아시게 될 겁니다. 이제 저는 진실에 다가가고 있습니다. 한 발짝씩 말이죠. 어

떤 결말이 날지 기대해주세요.

마지막에 억지로 웃느라 아픔을 참은 조세준은 동영상 녹음 버튼을 끄고 나서 바로 얼굴을 찡그렸다. 휴대폰을 주머니에 집어넣고 일어서려는 순간, 멀리서 누군가 지켜보고 있다는 걸 깨달았다. 잠깐 놀랐지만 상대방이 오형식의 어린 아들이라는 걸 깨닫고는 한숨을 돌렸다. 눈이 마주친 아이는 도망칠 생각을 하지 않고 우두커니 서 있었다. 도로 벤치에 앉은 조세준은 가까이 오라고 손짓했다. 주저하던 오형식의 어린 아들이 벤치로 다가왔다. 그러고는 조세준이 옆자리에 앉으라고 하자 얌전히 앉았다.

"경찰서엔 웬일이야? 무슨 죄 지었냐?"

농담 섞인 조세준의 물음에 오형식의 어린 아들은 아무 대답 없이 물끄러미 올려다보기만 했다. 그 눈빛을 본 조세준은 아이가 온 이유를 깨달았다.

"아빠가 날 감시하라고 했구나."

아이는 대답 대신 눈을 깜빡거리며 고개를 끄덕였다. 그 모습을 본 조세준은 고개를 기울이며 물었다.

"이름이 뭐야?"

"오용준이요."

"몇 살."

"몰라요."

"뭐라고?"

예상 밖의 대답에 조세준이 눈을 치켜뜨자 바닥을 내려다본 아이가 한숨을 쉬었다.

"아빠가 나이는 중요한 게 아니랬어요."

"그럼 뭐가 중요하다고 했는데?"

"믿음이요."

예상치 못한 대답에 조세준은 심호흡을 하고 아이를 바라보았다.

"용준이라고 했지."

이번에도 아이가 고개를 끄덕거리자 조세준은 허리를 굽혀 눈높이를 맞췄다.

"사람은 자기 나이를 알아야 해. 그래야 학교에 가지."

"학교는 이상한 것만 가르쳐서, 가면 안 된다고 했어요."

"누가? 아빠가?"

"네."

"네 생각은 어떠니?"

"제 생각이요?"

아이의 반문에 조세준이 고개를 끄덕거렸다.

"그래, 네 생각 말이야. 나이를 알 필요도 없고 학교에 다닐 이유도 없다고 생각하니?"

말없이 눈을 깜빡거리던 아이가 조세준을 바라봤다.

"잘 모르겠어요."

"모르는 거 같지는 않구나. 어쨌든."

허리를 편 조세준이 주변을 살펴보면서 물었다.

"날 감시하라고 시켰으면 몰래 숨어 있어야지 왜 눈에 띄게 서 있었던 거니?"

"아저씨가 우리 앞에 나타난 목적이 궁금해서요."

"네 아버지가 뭘 감추고 있는지 궁금해서."

"세상은 위험한 곳이라 서로 돕고 지켜줘야 한다고 말씀하셨어요."

"내가 보기에는 말이다."

아이를 바라보며 말하던 조세준이 갑자기 아이의 옷깃을 끌어당겼다. 아이가 놀라서 얼굴을 찡그렸다.

"아파요."

"내가 당겨서 아픈 거야? 아니면 맞아서 아픈 거야?"

예상했던 대로 목덜미 아래쪽이 퍼렇게 멍들어 있었다. 아이는 당장이라도 울 것 같은 표정으로 옆으로 슬쩍 물러나 앉았다. 그걸 본 조세준이 덧붙였다.

"둘 다인 것 같네. 네 아버지 정체가 뭐야?"

"신을 섬겨요."

아이의 말을 들은 조세준은 잠시 생각하다가 중얼거렸다.

"신과 사냥꾼은 어울리지 않는데."

"뭐라고요?"

아이의 반문에 조세준은 고개를 저었다.

"아니야. 어떤 신을 모시는데?"

"하늘이요."

짧게 대답한 아이는 하늘을 올려다봤다. 구름이 솜털처럼 흩어져 있는 파란 하늘을 올려다본 조세준이 다시 아이를 바라봤다.

"하늘 신을 섬긴다고? 하느님이나 부처님이 아니라?"

"다 가짜라고 했어요."

아이의 고집스러운 표정에 담긴 대답에 조세준은 저도 모르게 중얼거렸다.

"아이고야."

알고 보니 사이비 종교에 빠져 있는 것 같았다. 사냥꾼이라면 그런 것과 어울리지 않았다. 조세준이 아무 말 없이 생각에 빠져 있자 아이가 입을 열었다.

"저를 구해주세요."

뜻밖의 얘기를 들은 조세준이 눈빛을 반짝거렸다.

"누구한테서?"

"우리 아빠한테서요."

"시키는 대로 일도 잘 했으면서 왜?"

조세준의 물음에 아이가 어깨를 으쓱거렸다.

"저는 곧 본당으로 가게 돼요. 지난주에 큰아버지가 오셔서 얘기 나누는 걸 엿들었어요."

"그게 어딘데?"

"충청도 깊은 산골이요. 차로 한 시간 넘게 걸려야 사람 사는 곳으로 나올 수 있어요."

"거길 본당이라고 부르는구나."

"거기 가기 싫어요."

얘기가 점점 이상한 방향으로 흘러간다 싶어진 조세준이 숨을 크게 들이쉰 다음에 물었다.

"그럼 네 아버지를 처벌해달라고? 그럼 너에게 자유가 주어지니?"

아이는 아무 대답도 하지 못했다. 조세준은 그런 아이의 머리를 쓰다듬으며 말했다.

"집 안에 뭐가 있는지 알려줄래? 그럼 도와주마."

"집 안이요?"

"응, 아빠가 집 안에 뭐를 숨겨놨는지 절대 집을 안 판다고 했거든."

"집 안에는……."

얼굴을 찡그린 아이가 잠시 생각하다가 덧붙였다.

"아무것도 없어요."

"사람이 사는 곳에 아무것도 없다는 건 말이 안 되는 일이야."

"진짜예요."

아이의 얼굴을 바라보던 조세준이 벤치에서 일어났다.

"만나서 반가웠다. 꼬마야."

조세준이 몇 걸음 떼는데 아이가 뒤에서 외쳤다.

"아빠가 절대로 들어가지 말라고 하는 공간이 있어요."

"어디?"

돌아선 조세준에게 아이가 말했다.

"반지하요."

"현관 옆에 있는?"

"맞아요. 거기."

"거긴 왜 못 들어가게 하는데?"

"우리는 질문을 하면 안 돼요."

"아예 의문을 가지지 말라는 뜻이니?"

조세준의 물음에 아이가 하늘을 바라봤다.

"그게 하늘의 뜻이래요."

"아예 못 들어간다고?"

"자물쇠로 채워놓고 다니세요."

"어떤 자물쇠? 전자 도어락 같은 거니?"

아이가 손으로 열쇠를 돌리는 시늉을 하면서 대답했다.

"아뇨. 그냥 자물쇠요. 열쇠로 열고 닫는 거요."

"거기 뭐가 있다고 생각하니?"

조세준의 물음에 잠시 생각하던 아이가 입을 열었다.

"신이랑 죽음이요."

"애가 너무 그렇게 어른처럼 말하면 못써."

조세준이 얼굴을 찡그리자 아이가 얼른 사과했다.

"죄송해요. 매일 경전 읽고 낭송하면서 이런 식으로 말해야 한다고 배웠어요. 아니면 아예 입을 다물거나."

아이의 대답을 들으면서 조세준은 자물쇠로 굳게 잠긴 반지하 안에 뭐가 숨겨져 있을까 상상해봤다. 사이비 종교의 교리에 따라서 사람들을 납치하고 살해한 흔적이 남아 있을지, 아니면 신성하다고 믿는 종교의 상징 같은 걸 가져다났을지는 알 수 없었다. 조세준은 여전히 벤치에서 서성거리는 아이를 바라봤다.

"탈출하고 싶다고?"

아이는 눈을 껌벅거리며 고개를 끄덕였다.

"날 도와주면 나도 널 도와주마."

"어떻게요?"

"네 아빠가 경찰에 조사를 받으러 가는 시간을 알려줘."

"그때 저도 같이 가야 해요."

"알아. 집을 비우는 시간만 알면 돼."

"전화로 경찰 아저씨랑 통화하는 걸 들었어요. 다음 주에 조사받는다고 했어요."

"언제?"

"수요일이나 목요일이요. 아마 상의하고 날짜를 정할 거예요."

"누구? 큰아버지라는 사람?"

"네."

"그 사람이 집에 있지는 않겠지?"

"큰아버지는 오셨다가 금방 가세요. 속세에 오래 머물면 신심이 사라진다고 하시면서요."

"완전 골 때리는군. 휴대폰 가지고 있니?"

"비상연락용으로 하나 가지고 있어요."

"내 번호 알려줄 테니까 나가게 되면 몰래 문자해줘."

"만약 집에 들어와서 이상한 흔적을 찾아내면 우리 아빠는 잡혀가나요?"

"그 정도는 아닐 거야. 대신 내가 원하는 걸 찾으면 체포할 수 있어. 그게 아니면 널 빼내줄 수도 있고."

"진짜죠?"

간절히 믿고 싶은 듯한 목소리였다. 조세준은 아이에게 고개를 끄덕이는 것으로 대답을 대신하고는 자리를 떴다. 경찰 조사를 받느라 지쳤고 얼굴도 욱신거렸지만, 김성곤의 강연을 들으러 가야 했다. 버스를 타고 광화문에서 내린 조세준은 세종문화회관 뒤쪽으로 향했다. 조각상들이 있는 잔디밭을 지나서 빌딩들이 있는 거리로 들어서자 북카페 간판이 보였다.

"지하 1층이군."

회전문이 있는 정문 옆에 아래로 내려가는 좁은 계단이 보였다. 나선형 계단을 내려가자 작은 중정 같은 공간이 보였고, 거기에 있는 유리문 안쪽으로 서점이 보였다. 계단 끝자락에 선 조세준은 휴대폰의 녹음 버튼을 눌렀다.

– 저는 지금 용의자 중 한 명이 진행하는 강연을 들기 위해 이곳 광화문으로 나왔습니다. 그는 과 연 어떤 얘기를 우리에게 들려줄까요? 강연을 하는 중에 살인에 대한 단서를 찾을 수 있을지 제가 한번 직접 들어보겠습니다.

유리문을 열고 들어가자 통로 중간에 서점임을 알리는 입간판이 보였다. 서점 안으로 들어가자 생각보다 넓은 공간이 보였다. 벽에는 거의 천장까지 닿은 서가들이 빼곡하게 자리 잡고 있었고, 중간중간 사람보다 약간 낮은 높이의 서가들이 보였다. 입구 반대쪽에는 작은 단상이 마련되어 있었고, 그곳에서 헌팅캡을 쓰고 수염을 기른 남자가 의자에 앉아 있었다. 아래쪽 배너에는 '목수 김성곤의 책 이야기'라는 글씨가 적힌 배너가 보였다. 단상 아래에는 색색으로 된 플라스틱 의자에 앉아 있는 사람들의 뒤통수가 군데군데 있었다. 조세준은 조용히 맨 끝에 있는 빈자리에 가서 자리를 잡았다. 강연은 시작된 지 좀 지났는지 그가 손짓을 하면서 열심히 떠드는 중이었다.

"책은 위대한 지식의 공유물입니다. 따라서 돈과 지식이 있다고 특정 개인이 소유할 수 없습니다. 책은 많은 사람들에게 읽히기 위해 만들어진 매체니까요. 그런데 몇몇 탐욕스러운 수집가들이 거액을 주고 그 책을 사서 꼭꼭 숨겨놓은 채 책값이 오르기만을 기다리는 중이죠. 있을 수 없는 일입니다."

좀 떨어진 곳이었지만 조세준은 김성곤이 뿜어내는 분노와 광기를 어렵지 않게 읽어낼 수 있었다. 목이 말랐는지 생수를 한 모금 마신 김성곤이 이야기를 이어갔다.

"제가 얼마 전에 모 교수가 열었다고 떠들썩하게 언론에 보도된 서점에 갔었습니다. 어딘지 아시죠?"

대답을 유도하는 듯한 얘기에 듣고 있던 사람들 중 일부가 "기억 서점"이라고 나지막하게 대답했다. 그러자 짜증나는 표정을 지은 김성곤이 마이크를 입에 갖다댔다.

"서점이라고 문은 열어놨지만 정작 가보면 책은 유리 케이스 안이나 보이지 않는 곳에 감춰두고 있습니다. 거기다 명색이 서점이라면서 사는 사람조차 예약을 하고 가야만 합니다. 자신의 부와 명성을 이용해서 수집한 고서적을 꽁꽁 숨겨놓고 있는 셈이죠. 이런 걸 소위 지식인의 행동이라고 할 수 있겠습니까?"

김성곤이 흥분해서 이야기하자 사람들은 재미있다는 듯 웃었다. 웃음소리가 가라앉자 그가 말을 이어갔다.

"제가 소장하고 있는 책을 보여달라니까 돈이 없다고 생각했는지 저를 비웃고 조롱했습니다. 솔직히 저는 그 사람이 지식인이라고 TV에 나왔을 때부터 마음에 안 들었죠. 돈만 있으면 지식인이라 자처할 수 있는 세상이 된 것은 바로 책의 부재 때문입니다. 그런데 사회에 빛을 비춰주고 길을 이끌어야 할 지식인이 돈과 명성에 눈이 멀어서 책을 감추는 만행을 저지르고 있습니다."

유명우 교수에 대한 노골적인 증오를 감추지 못하는 모습은 그 후에도 이어졌다. 단상 아래쪽에 있는 서점 관계자들은 눈에 띄게 불안해하면서 김성곤을 바라봤다. 하지만 듣는 사람들은 모두 흥미로워하거나 재미있어했다. 이를 지켜보던 조세준은 김성곤의 이야기가 계속 같은 방향으로 흘러가자 잠자코 지켜보다가 자리에서 일어났다. 짧은 시간이었지만 김성곤이 어떤 생각을 가지고 있는지 충분히 알 수 있었다. 책에 대한 광기와 유명우 교수에 대한 증오를 어김없이 드러냈다. 하지만 서점을 나와 계단을 올라가던 그는 고개를 갸웃거렸다.

"사냥꾼이라면 저렇게 대놓고 활동을 할까?"

누구보다 조심스럽게 움직이며 살인을 저지르던 사냥꾼의 모습과는 거리가 좀 멀었다. 하지만 자신의 것이라고 생각한 책을 얻기 위해서라면 충분히 있을 수 있는 일이라는 생각도 스쳐지나갔다.

"일단 내일 만나서 얘기를 나눠보면 단서가 나오겠지."

계단을 올라와 밖으로 나오자 방금 전까지 화창했던 하늘이 갑자기 어두워지는 게 보였다. 당장 비가 내려도 이상하지 않을 날씨였다. 거리를 걷던 사람들도 그걸 느꼈는지 발길을 서두르거나 우산을 사기 위해 편의점에 들어가는 게 보였다. 조세준은 지하철역을 향해 천천히 걸어갔다.

'내일 김성곤을 만나보면 확실해지겠군.'

다음 날, 조세준은 천안으로 향하는 전철에 몸을 실었다. 어제 내린 비 때문인지 하늘은 유난히 맑았다. 어제 광화문 북카페에서의 강의를 짧게 들으면서 책에 대한 그의 생각을 들을 수 있었다. 하지만 그게 실제 삶과 어떻게 연결되어 있을지 궁금했다. 졸다가 깨다가 하면서 한 시간 넘게 전철을 타고 가서 천안역에 내렸다. 광장으로 이어지는 계단을 내려온 그는 호두과자를 파는 가게들이 즐비한 도로를 따라 걸었다. 버스 정류장을 지날 즈음, 짐벌에 휴대폰을 끼우고 동영상을 켰다.

　－ 오늘은 또 다른 용의자를 만나러 천안에 내려
　　왔습니다. 역에서 걸어갈 만한 거리에 그의 일터
　　가 있는데요. 과연 그는 어떤 얼굴을 하고 오늘
　　하루를 보낼까요? 궁금하시면 저를 따라오시죠.

　살짝 윙크를 하는 것으로 영상을 마무리한 조세준은 도로를 따라 걸었다. 중간중간에 있는 버스 정류장 몇 개를 지나 천안역에서 멀어지자 주변 풍경이 달라졌다. 호두과자를 비롯해서 음식들을 파는 상점들이 차츰 사라지고 볼트나 기계 같은 단어가 들어 있는 간판들이 눈에 들어왔다.
　"분위기 살벌해지네."
　목수 김성곤의 일터가 잠시 후에 나타났다. 가건물처럼 생긴 2층 건물을 목공소로 사용하는 중이었다. 커다란 대패가 그려진 하얀색 간판이 길거리에 세워져 있었다. 차를 몇 대 주차할 수 있는 공간 너머에는 유리벽으로 된 목공소가 보였다. 1층 위에는 현수막으로 단기 속성 목공 코스의 강의 시간과 비용이 적혀 있었다. 걸음을 멈추고 그걸 바라보던 조세준은 제일 아래쪽을 봤다.

'2시간 맛보기 코스. 도마 증정. 5만 원.'

재미있는 기회가 될 것 같다는 생각에 손가락으로 코를 쓱 훔친 그는 휴대폰으로 목공소 사진을 찍었다.

- 이번 용의자는 목공소를 운영하고 있습니다. 목공소에는 흉기로 쓰일 만한 도구들이 잔뜩 있다는 점이 눈에 띄는데요. 과연 우연일지, 아니면 의도한 것일지 모르겠네요. 한번 들어가서 알아보겠습니다.

조세준은 휴대폰을 짐벌에서 빼낸 채 목공소 쪽으로 걸어갔다. 유리벽 안에는 귀에 연필을 꽂고 가죽으로 된 앞치마를 입은 채 검은색 헌팅캡을 쓰고 있는 김성곤의 모습이 보였다. 유리문을 열고 들어가자 커다란 테이블 앞에 서 있던 김성곤이 고개를 돌렸다.

"어서 오십시오."

조세준이 긴장한 듯한 목소리로 물었다.

"여기 목공소 맞나요?"

"그럼요. 원래 볼트 공장이었던 곳을 제가 개조한 겁니다. 어떻게 오셨습니까?"

"저, 목공을 배우고 싶은데요."

"잘 오셨습니다. 어떤 코스를 원하십니까?"

"어, 제가 시간이 많지는 않아서 일단 맛보기 코스를 배워보고 싶습니다."

"아! 그러시군요. 마침 시간이 비었으니까 괜찮으시면 지금 시작할까요?"

"일대일로 가르쳐주시는 겁니까?"

조세준의 물음에 김성곤이 헌팅캡을 고쳐 쓰며 대답했다.

"그럼요. 저쪽에 앞치마가 있으니까 아무거나 하나 입고 오십시오."

조세준은 옷걸이에 잔뜩 걸린 가죽 앞치마 중 하나를 입고 그의 곁으로 갔다. 그 사이, 김성곤은 작업대 위에 도구들을 가져다놨다. 그리고 앞치마에 꽂혀 있는 연필을 하나 건넸다.

"도마를 만들려면 먼저 본을 떠야 합니다. 그리고 어떤 나무를 쓸지 결정해야 하죠."

"나무도 골라야 합니까?"

"그럼요. 보통 물푸레나무나 오크, 캄포 같은 걸 씁니다."

"어떤 게 좋을까요?

질문을 받은 김성곤은 잠시 생각하다가 대답했다.

"물푸레로 하시죠."

그러더니 작업대 옆에 나무가 쌓여 있는 곳에 가서는 적당한 크기의 널빤지 두 개를 가져왔다. 그 사이, 조세준은 작업대 주변을 살펴봤다. 벽에는 각종 도구들과 함께 그가 만든 것 같은 주걱과 도마, 숟가락, 쟁반 같은 것이 걸려 있었고, 접이식 의자와 테이블, 책꽂이 같은 것도 보였다. 목공소 한가운데에는 접이식 탁자 위에 체스판이 놓여 있었다. 그 위에 있는 체스 말들은 알고 있는 것보다 조금 더 크고 뒤틀려 보였다. 자세히 보니까 시중에서 판매하는 제품이 아니라 직접 만든 것 같았다. 조세준이 체스를 보는 사이, 널빤지를 가져와서 작업대 위에 올려놓은 김성곤이 말했다.

"나무는 어떤 종류든 잘 말라 있어야 합니다. 안 그러면 쓰다가 뒤틀리거나 빠개지거든요. 나무를 고른 다음엔 본을 떠야 하죠. 어떤 모양의 도마를 만들고 싶으신가요?"

"좀 작고, 음식도 올려서 먹을 수 있는 걸로요."

"사각형에 손잡이가 있고, 손잡이 쪽에 구멍을 뚫은 형태로 하죠."

귀에 꽂은 연필을 뽑은 김성곤이 널빤지 위에 쓱쓱 그림을 그렸다. 그 사이, 조세준은 주변을 계속 살폈다. 도구들이 걸려 있는 공간 위쪽으로는 한 줄로 된 책장이 있고, 거기에 빼곡하게 책들이 꽂혀 있는 게 보였다. 그림을 다 그린 김성곤이 작업대 구석에 있는 공구를 하나 들고 왔다.

"이건 직소기라는 도구입니다. 여기 손잡이 아래쪽에 수직으로 톱이 달려 있는데, 이걸로 널빤지를 자를 겁니다. 원래대로라면 직접 해보라고 할 테지만 시간이 없으니까 제가 자르겠습니다. 옆에서 잘 보세요."

"네."

짧게 대답한 조세준은 고개를 기울인 채 바라봤다. 손잡이가 수직으로 달린 도구 아래쪽으로 마치 침처럼 생긴 톱이 삐져나와 있었다. 널빤지를 작업대 밖으로 빼고 그 위에 직소기를 댄 김성곤이 조심스럽게 버튼을 누르자 톱이 위잉 소리를 내면서 나무를 잘랐다. 굵은 연필 선을 따라 움직이던 직소기가 멈추자 사각형의 널빤지는 손잡이가 달리고 모서리가 둥근 도마의 형태를 띠었다. 숨을 돌린 김성곤이 직소기로 다듬은 도마를 그에게 건넸다.

"저쪽 끝으로 가면 드릴 프레스기가 있습니다. 구멍은 직접 뚫어보시죠."

"어떻게 하면 되죠."

"일단 제가 옆에 있으니까 긴장을 푸시고요."

웃으며 어깨를 두드린 김성곤이 커다란 드릴 프레스기로 그를 데려갔다. 빨간색 손잡이와 커다란 드릴이 보였다. 아래쪽에 달린 스위치를 켠 김성곤이 손잡이를 내려서 드릴과 도마 손잡이에 있는 구멍 위치를 맞췄다. 그러고는 손잡이 옆에 달린 스위치를 켜고 옆으로 물러났다.

"손잡이를 천천히 아래로 내리면 드릴이 내려갈 겁니다. 위치는 맞춰놨으니까 그대로 내리시면 됩니다."

시키는 대로 손잡이를 내리자 요란한 소리를 내며 회전한 드릴이 도마 손잡이에 닿았다. 스프링 모양의 톱밥들이 사방으로 튀면서 드릴이 나무를 파고들었다.

"자, 천천히 나무를 움직여서 구멍을 넓히세요."

요란한 드릴 소리 사이로 김성곤의 목소리가 들리자 조세준이 고개를 끄덕거렸다. 시키는 대로 움직이자 구멍이 충분히 넓어졌다. 스위치를 끈 김성곤이 손잡이를 올린 다음에 도마를 꺼냈다.

"방금 전까지는 그냥 나무토막이었는데 신기하네요."

"그게 목공의 매력이죠. 어떻게 자르고 다듬느냐에 따라서 달라지니까요. 이제 매끈하게 다듬어야 할 차례입니다. 저쪽에 전동 사포가 있습니다. 따라오시죠."

작업대 뒤편에 있는 전동 사포는 아까 본 직소기와 비슷하게 생겼다. 다만 아랫부분이 마치 로봇청소기처럼 넓었다. 스위치를 켠 김성곤이 나무 위에 대고 누르자 나무 갈리는 소리가 났다. 스위치를 끈 그가 뒤로 물러났다.

"한번 해보시죠."

조세준은 시키는 대로 전동 사포로 도마를 갈았다. 그만해도 된다는 얘기를 듣고 멈추자 결이 도드라져 보이는 나무 도마가 완성되었다. 이곳에 온 이유도 잊은 채 조세준이 감탄사를 내뱉자 김성곤이 작은 유리병과 붓을 가져왔다.

"이제 마지막 단계입니다."

"뭡니까?"

"도마용 오일입니다. 도마는 음식물이랑 물에 자주 닿아서 세균이 생겨날 가능성이 높죠. 원래대로라면 몇 주에 걸쳐서 여러 차례 바르고 천으로 문지르는 폴리싱 작업을 해야 하지만 시간이 없으니까 이 정도로 해두죠."

김성곤은 헝겊으로 기름을 골고루 펴서 문지르더니, 번들거리는 도마를 내게 내밀었다. 약간은 허망했다. 그 와중에 얘기를 나눠보지 못했기 때문이다. 조세준은 도마를 살펴보는 척하면서 화제를 돌렸다.

"책을 좋아하시나 봐요."

눈빛에 의문을 드러냈던 김성곤은 작업도구 위에 꽂혀 있는 책들을 바라보면서 히죽 웃었다.

"그럭저럭이요."

"저도 책을 좋아하는 편인데 여기서 봐서 신기했어요."

"머리가 아프거나 손님이 없을 때 가끔 꺼내서 읽습니다. 요즘은 책을 좋아하는 사람이 드물죠."

처음으로 김성곤의 부드러워진 목소리를 들은 조세준은 좀 더 파고들기로 했다.

"원래부터 좋아하셨나요?"

"어릴 때부터요. 부모님이 맞벌이를 하셔서 혼자 있는 시간이 많았거든요. 손님도 책을 좋아하십니까?"

"그런 셈이죠. 사실은 책과 관련된 유튜브 방송을 하고 있습니다."

"오, 그러시군요. 여긴 어떻게 오신 겁니까?"

흥미롭다는 듯 바라보는 그의 눈빛이 살짝 달라지는 걸 느낀 조세준은 아까 이곳에 오면서 봤던 CCTV와 블랙박스를 떠올리며 용기를 냈다. 전철을 타고 내릴 때 교통카드를 썼으니 내역도 남아 있으리라.

"그냥 오가다가 들렀습니다."

"여긴 그렇게 들를 만한 곳이 아닙니다만."

삐딱하게 서서 바라보던 김성곤의 눈빛이 순식간에 차가워졌다. 조세준은 문의 위치를 확인하면서 대답했다.

"사실은 목공에 관한 책을 쓰는 중입니다. 그래서 여기저기 알아보는 중이었죠."

여전히 미심쩍어하는 김성곤을 보면서 조세준은 화제를 돌리기 위해 아까 들어오면서 봤던 체스판을 가리켰다.

"저것도 직접 만드신 거죠?"

그쪽으로 다가간 조세준이 체스판을 바라봤다. 그러고는 깨달았다. 꽤 이상하게 만들어져 있다는 것을 말이다. 그리고 또 하나.

"사람이네?"

체스는 잘 몰랐지만 퀸이니 킹, 비숍 같은 건 알았다. 그런데 체스판 위에 놓인 체스 말들은 하나같이 사람 모습을 하고 있었다. 그것도 고통스러운 몸짓을 한 채.

"이건 뭉크의 〈절규〉 같은데?"

TV에서 봤던 걸 떠올린 조세준은 흠칫 두려움을 느꼈다.

"만지지 마세요."

김성곤의 얘기를 들으며 고개를 돌리는 순간, 손이 체스판 위의 체스 말들을 쓸어버렸다. 우당탕거리며 쏟아진 말들이 바닥 위를 나뒹굴었다.

"아이고, 죄송합니다."

조세준이 서둘러 체스 말들을 줍다가 고개를 갸웃거렸다. 말의 바닥에 작게 날짜 같은 게 새겨져 있었다. 조세준은 중얼거렸다.

"뭐야, 이게?"

무심코 들여다보던 조세준은 곧 김성곤의 발소리를 들었다. 고개를 돌리자, 두 손을 뒤로 감춘 채 다가오는 김성곤이 보였다. 차갑고 살벌한 눈빛은 마치 사냥감을 앞에 둔 맹수 같았다.

"죄송합니다. 다시 올려놓을게요."

"너, 누구야?"

"저, 저요?"

"하는 짓이 영 수상해서 말이야."

"그냥, 오가다……."

"여긴 밖을 볼 수 있는 CCTV가 있어. 한참 동안 기웃거리면서 열심히 이곳을 촬영하는 거 다 봤어."

"아무것도 아닙니다. 아무것도 아니라고요."

"뭐가 켕기는 인간들이 꼭 그런 소리를 하더라."

김성곤이 비아냥거리는 동시에 뒤에 감춘 두 손을 앞으로 가져왔다. 큼지막한 망치가 들려 있었다. 그걸 보고 놀란 조세준이 뒷걸음질하다가 문으로 뛰어갔다. 하지만 유리문은 밀거나 당겨도 열리지 않았다. 놀란 조세준이 문을 흔드는데 김성곤이 다가왔다.

"가끔 돈을 안 내고 튀는 인간들이 있어서 말이야. 내가 열기 전에는 안 열려."

앞치마의 주머니에서 리모컨 같은 걸 꺼낸 김성곤이 씩

웃었다. 유리문을 등진 조세준은 황급히 휴대폰을 꺼냈다.

"꼬, 꼼짝 마! 경찰에 시, 신고할 거야!"

"여기 건물을 인수할 때 내가 제일 처음 한 게 뭔 줄 알아? 바로 휴대폰 통화 방해 장치야."

"뭐라고?"

"미국산인데 직구로 몇 개 사서 건물에 붙여놨어. 이 안에서는 통화 못 해."

점점 다가오는 김성곤을 피해 조세준은 건물 2층으로 도망쳤다. 금속으로 된 계단을 밟고 위로 올라가는데 김성곤의 웃음소리가 따라왔다. 설상가상으로 2층은 창문을 가려놓았는지 빛 한 점이 없었다.

"씨, 아무것도 안 보이잖아."

정신없이 도망치던 조세준은 의자 같은 것에 걸려서 넘어졌다. 어둠 속으로 메마른 비명소리가 울려 퍼졌다. 넘어진 채 정강이를 부여잡고 있던 조세준은 김성곤이 계단 올라오는 소리를 들었다. 잠시 후, 김성곤이 어렴풋하게 모습을 드러냈다. 조세준은 손에 잡히는 물건을 닥치는 대로 던지면서 발광했다.

"오지 마! 가까이 오지 마!"

하지만 김성곤은 날아오는 물건들을 여유롭게 피하며 다가왔다.

"젠장!"

조세준은 급한 대로 어둠 속으로 몸을 굴렸다. 서서히 어둠에 익숙해지자 사방에 만들어놓은 파티션과 의자, 박스들이 보였다. 박스 뒤로 몸을 숨긴 조세준은 주변을 돌아보며 빠져나갈 수 있는 곳을 찾아봤다. 그리고 뭔가 무기가 될 만한 걸 찾기 위해 가방 속을 뒤졌다. 예전에 동대문에서 샀던 짝퉁 맥가이버 칼이 나왔다. 접혀 있는 칼날을 펴봤지만 새끼손가락 길이에도 못 미쳤다. 어쨌든 무기가 있다는 게 어딘가. 살짝 마음이 편해지자 앞으로 어찌 해야 할지 생각할 여유도 생겼다.

'안쪽으로 유인한 다음에 1층으로 내려가야겠어.'

물론 1층 유리문이 닫혀 있지만 목공소의 도구들을 이용하면 어떻게든 깰 수 있을 것 같았다. 그러는 사이, 발소리가 점점 더 가까워졌다. 조세준은 박스 뒤에 몸을 바짝 숨긴 채 숨을 죽였다. 다행히 발소리는 그가 숨어 있는 곳을 지나 안쪽으로 향했다. 한숨을 돌린 조세준은 조심스럽게 계단 쪽으로 향했다.

'계단만 내려가자. 그러면……'

조세준의 발걸음은 계단 앞에서 멈추고 말았다. 계단에 가시철망이 칭칭 감겨져 있었다. 망연자실한 채 그 모습을 바라보는데 김성곤의 목소리가 들렸다.

"도망치지 못하게 할 때는 그게 최고더라고."

궁지에 몰린 조세준은 두 발을 벌린 채 서 있는 김성곤에게 외쳤다.

"내, 내가 여기 온 거 본 사람들 엄청 많아! 그러니까 이상한 짓 할 생각 말라고."

"사람들은 너한테 그리 관심이 없어."

앞치마 주머니에서 장갑을 꺼내서 손에 낀 김성곤이 망치를 단단히 움켜잡으며 목을 좌우로 꺾었다. 마음이 다급해진 조세준은 철조망이 엉켜 있는 계단을 힐끔거렸다. 하지만 옷은 둘째치고 살까지 마구 찢어질 것 같았다. 몇 발짝 앞까지 다가온 김성곤이 물었다.

"너 정체가 뭐야?"

"겨, 경찰이다."

"씨발, 경찰이면 영장을 들고 왔겠지, 도마를 만들고 싶다고 왔겠어?"

"아, 알았어요. 말할게요. 유명우 교수가 시켰어요."

"누구? 아, 그 반병신. 그 사람이 왜?"

"다, 당신이 의심스럽다고 해서요."

"지가 무슨 경찰이야?"

코웃음을 친 김성곤이 어정쩡하게 서 있는 조세준을 바라보면서 물었다.

"그럼 넌 왜 이 일에 끼어든 거야."

마른침을 삼키며 주변을 바라보던 조세준은 벽에 등을 기댔다. 그리고 등이 닿은 곳이 벽이 아니라 널빤지로 막아놓은 창문이라는 걸 깨달았다. 잘하면 빠져나갈 수도 있을 것 같았다. 조세준은 김성곤을 바라보며 말했다.

"그냥 유튜브로 촬영하기에 좋은 아이템 같아서요."

"환장하겠네. 며칠 전에 좀도둑이 들어와서 신경 쓰였는데 말이야."

혀를 차면서 다가온 김성곤이 멈춰 섰다. 손에는 여전히 망치를 쥐고 있었는데 한 방만 맞아도 끝장날 것 같았다.

"씨발, 기껏 자리 잡았는데 너 때문에 또 떠야 하잖아. 특별히 고통스럽게 보내주지."

"자, 잘못했어요."

조세준은 정신을 바짝 차리려고 애쓰며 몸 뒤로 숨긴 손으로 맥가이버 칼을 꽉 움켜잡았다. 이상할 정도로 긴장감이 가라앉았다. 이렇게 된 이상, 정면 돌파를 하는 수밖에 없었다. 조세준은 계속 겁에 질린 표정으로 살려달라고 말했다. 하지만 아무 대꾸 없이 다가온 김성곤이 한 손으로 머리를 움켜잡고 망치를 치켜들었다. 바로 그 순간, 조세준은 맥가이버 칼로 상대방의 허벅지를 찔렀다. 옷과 살이 찢기는 소리와 함께 상대방이 주춤거리는 게 보였다.

"이 새끼가!"

김성곤이 욕설과 함께 망치를 휘둘렀다. 고개를 숙여 아슬아슬하게 피한 조세준은 그의 몸통을 잡고 돌아서서 널빤지로 가려진 벽으로 밀어붙였다. 물론 체격은 김성곤이 더 큰 편이었지만 조세준의 갑작스러운 행동에 놀랐는지 제대로 대응하지 못했다.

"뭐야, 이 새끼."

김성곤이 욕설과 함께 망치로 등을 내리쳤다. 아픔이 느껴졌지만 여기서 물러날 수는 없었다. 이를 악물고 고통을 참은 채 조세준은 남은 힘을 쥐어짜서 김성곤을 힘껏 밀어붙였다.

"으악!"

창문을 막아놓은 널빤지는 두 사람이 부딪치면서 힘없이 부서지고 말았다. 밖으로 튕겨나간 두 사람은 건물과 바로 맞닿아 있던 양옥의 1층 지붕 위로 떨어졌다. 조세준은 정신을 차리고 눈을 떴다. 큰대자로 뻗은 김성곤이 울컥거리면서 피를 토하고 있었다. 조세준이 들고 있던 맥가이버 칼이 목을 꿰뚫었던 것이다. 바닥에 누운 채 숨을 헐떡거리던 조세준은 주머니에서 휴대폰을 꺼냈다. 그리고 비상통화 버튼을 눌렀다.

"거기 119죠. 저 좀 살려주세요."

일주일 후, 경찰 조사를 마친 조세준이 기억 서점을 방문했다. 저녁때 조용히 만나고 싶다는 요청에 서점이 문을 닫은 한밤중에 방문한 것이다. 조용히 책을 읽고 있던 유명우 교수는 벨 소리가 나자 휠체어에 붙어 있는 리모컨 버튼을 눌러서 문을 열어줬다. 뺨에 반창고를 붙인 조세준이 들어서자 유명우 교수는 환영의 뜻으로 두 팔을 벌렸다.

　"고생 많으셨습니다."

　"아직도 얼떨떨합니다. 뭐가 어떻게 돌아가는 건지, 원."

　"사냥꾼을 잡지 않았습니까?"

　"그렇긴 하죠. 출동한 경찰들이 집을 살펴보다가 완전히 뒤집어졌으니까요."

　말을 하다가 통증 때문인지 얼굴을 찡그리며 반창고를 만지작거리던 조세준이 서점을 돌아봤다.

　"여긴 조용했습니까?"

　"저한테도 경찰이 찾아왔지만 별일은 없었습니다."

　"밤중에 문짝을 부순 범인도 김성곤이었답니까?"

　조세준의 물음에 유명우 교수는 고개를 저었다.

　"경찰이 조사 중이라고 하더군요. 어쨌든 목공소 옆에 있는 그의 거처에서 살인에 관한 증거들이 쏟아져 나왔다고 들었습니다."

　"네, 시신을 칼과 도끼로 분해해서 처리하긴 했지만 미세

242

증거들이 차고도 넘친다고 하더라고요. 게다가 고서적들도 상당수 나와서 경찰들이 어리둥절해했다고 하더군요."

"책을 좋아하는 살인마는 처음 봤을 겁니다."

"그 미친놈이 피살자의 이름과 죽인 날짜를 체스 말 밑에 적어놨더군요. 그래서 제가 그걸 건드리니 그렇게 화를 내며 정체를 드러냈던 겁니다."

당시를 떠올린 조세준은 또다시 소름이 돋는지 온몸을 부르르 떨었다.

"아무튼 다행입니다. 그런 살인마의 손에서 살아남았다니 말이죠."

"정말 운이 좋았습니다. 희생자들이 대부분 저항하지 않아서 방심을 했나 봐요."

"경찰한테 얘기 들었습니다. 오히려 고마워하더군요."

"뭘 말입니까?"

"사실상 사형제 폐지 국가라서 잡아봤자 사형을 못 시키는 상황이었으니까요."

"정말 그러려고 했던 건 아닙니다. 저도 보고 깜짝 놀랐으니까요."

조세준의 얘기를 들은 유명우 교수는 활짝 웃으며 휠체어의 방향을 틀어서 카운터로 향했다.

"약속한 조사비용에 제 성의를 좀 더 보태서 돈을 보냈습니다."

"오면서 확인했습니다."

대답을 들은 유명우 교수가 조심스럽게 말했다.

"잘 이겨내십시오. 혹시 도움이 필요하다면 아는 신경정신과 의사를 소개해드리겠습니다."

"알겠습니다. 필요하면 SOS를 치겠습니다."

조세준의 대답에 유명우 교수가 씩 웃었다.

"그나저나 우린 꽤 손발이 잘 맞는 것 같네요."

"저도 그 생각을 했습니다."

고개를 끄덕거리는 조세준의 말에 유명우 교수가 대답했다.

"앞으로도 이런 식으로 협업할 수 있으리라 믿습니다."

"몸과 마음이 준비되면 얼마든지요."

"혹여 책을 쓰시거나 유튜브 촬영을 하신다면 적극적으로 도와드리겠습니다. 영화사에서도 흥미를 느낄 만한 이야기일 거 같네요."

"안 그래도 몇 군데 연락이 오긴 했습니다만 일단 진정이 되고 나서 만나겠다고 했습니다."

"한동안 얘기가 끊이지 않겠군요."

유명우 교수의 대답을 끝으로 침묵이 흘렀다. 오랫동안 두 사람 다 아무 말을 안 하다가, 조세준이 조심스럽게 물었다.

"기분이 어떤지 물어봐도 됩니까?"

긴 한숨을 내쉰 유명우 교수가 천장을 바라보면서 대답했다.

"15년간, 이 순간만을 기다려왔습니다. 그런데 허무하게 끝나서 그런지 실감이 나지 않습니다."

"저 같아도 그럴 겁니다."

"직접 처리하지 못한 게 못내 아쉽긴 하네요."

조세준은 어깨를 으쓱거리고는 말했다.

"어쨌든 사냥꾼은 잡았으니까요. 이제 서점은 어떡하실 생각입니까?"

잠시 생각에 잠겼다가, 유명우 교수가 손가락을 까닥거렸다.

"계속 운영해야죠. 문을 연 지 얼마 되지도 않았는데요."

"다행입니다. 문을 닫으면 어쩌나 걱정했거든요."

"앞으로는 예약제 대신 편하게 와서 볼 수 있도록 할 생각입니다."

"사냥꾼을 잡아서 말입니까?"

조세준의 물음에 대답 대신 고개를 끄덕거린 유명우 교수가 책이 꽂혀 있는 서가를 바라봤다.

"어떻게 보면 사냥꾼과 난 책이라는 사슬로 얽혀 있는 사이일지도 모르죠. 그게 끊어졌으니 홀가분하다고 해야 할지 아니면 허망하다고 해야 할지⋯⋯."

말을 잇지 못하는 유명우 교수를 바라보던 조세준이 고개를 갸웃거리며 물었다.

"그 심정 이해합니다. 저도 그런 식으로 사냥꾼과 만나리라고는 생각도 못 했으니까요. 거기다 제 손으로 죽인 셈이 되었잖아요."

"그야말로 사고니까요. 후유증이 없었으면 하는 바람입니다."

"저도 그랬으면 좋겠습니다."

"악몽 같은 걸 꾸십니까?"

"그럴 줄 알았습니다만 아직 사냥꾼이 나오는 악몽을 꾼 적은 없습니다."

팔짱을 낀 조세준이 유명우 교수를 바라봤다.

"그런데 말입니다."

"말씀하십시오."

"김성곤이 제 옆에서 죽어가면서 책 얘기를 했습니다."

"《잃어진 진주》말입니까?"

"네. 그 책을 한번 보고 싶은데요."

카운터에서 얘기를 들은 유명우 교수가 씩 웃었다.

"당연히 보여드려야죠. 저기 있습니다."

그가 카운터에 있는 버튼을 누르자 책장 사이에 숨겨진 금고 문이 삑 소리를 내면서 열렸다. 생각지도 못한 공간에서 금고 문이 열리자 조세준은 놀란 표정을 지었다.

"저기에 숨겨두셨군요."

"보관해둔 겁니다."

유명우 교수의 대답에 조세준은 고개를 절레절레 저으며 그쪽으로 걸어갔다. 금고의 위치가 낮았기 때문에 허리를 굽혀야만 안을 들여다볼 수 있었다. 헌데 금고 안에는 책 대신 불에 탄 잿더미만 남아 있었다. 그걸 본 조세준은 저도 모르게 무릎을 꿇었다.

"서, 설마."

"그렇게 찾고 싶어 했던 《잃어진 진주》야. 어제 불태워버렸지."

"미친놈 같으니. 이게 어떤 책인 줄 알아?"

"알지, 네가 목숨보다 더 아끼던 책이잖아. 사냥꾼."

분노한 조세준이 카운터에서 자신을 바라보는 유명우 교수를 노려봤다.

"책을 태워버리다니, 어떻게 그럴 수 있어!"

"나한테 그 책은 널 끌어들이기 위한 미끼에 불과했거든."

"나인지 모를 줄 알았는데."

조세준이 어처구니없다는 표정으로 대꾸하자 유명우 교

수는 코웃음을 쳤다.

"머리를 잘 썼다는 건 인정해. 유튜버로 위장해서 나타날 줄은 꿈에도 몰랐으니까. 외모도 상당히 변해서 못 알아봤고 말이야. 하지만 습관은 못 고쳤더군."

유명우 교수가 고개를 옆으로 기울이고 바라보자 조세준은 비로소 자신의 실수를 깨달았다.

"이런, 그런 습관을 기억할 줄은 몰랐는데 말이야."

"단서는 많았지만 그게 결정적이었어. 책을 빼앗으러 올 줄 알았지, 도와주러 오는 척할 줄은 몰랐지만 말이야."

몸을 돌린 조세준은 카운터에 앉아 있는 유명우 교수를 바라보며 목을 기울였다. 그걸 본 유명우 교수가 대답했다.

"의도는 좋았어. 하지만 이제 나도 사냥꾼이야."

유명우 교수의 말에 조세준은 팔짱을 낀 채 조소했다.

"TV를 보고 이게 너의 함정이라는 걸 바로 알아챘지."

"맞아. 함정이라는 걸 모를 리 없다고 생각했어. 그래서 어떤 모습으로 나타날지 무척 궁금했어. 그런데 유튜버 겸 작가라니……."

"그게 표면적인 내 직업이니까."

"의심을 피하기에 나쁘지 않은 방법이었다는 건 인정해."

조세준은 손가락으로 자신의 머리를 톡톡 치며 대답했다.

"공부를 했거든. 안 잡히려면 머리를 써야 하니까."

"대단하군."

"너만 만남을 준비한 건 아니니까. 어떤 모습으로 네 앞에 나타날지 생각해봤어. 그중에서 가장 거리가 먼 걸로 위장했지."

"나한테 그 사건을 알고 있다는 식으로 접근해서 신뢰를 얻고, 친구가 되려고 한 건 정말 좋은 아이디어였어."

"나쁘지 않았지."

"그래, 김성곤에게 자기 죄를 전부 덮어씌운 것도 기가 막혔어."

유명우 교수의 말에 조세준이 어깨를 으쓱거렸다.

"어차피 그자도 살인자였으니까. 동선이 겹쳐서 짜증이 났었는데 이참에 처리해버린 거지."

조세준이 심드렁하게 대꾸하자 유명우 교수가 흥미롭다는 표정으로 물었다.

"책과 증거물은 미리 가져다놓은 거지?"

"물론이지. 나랑 스타일이 달라서 손을 좀 봐줬어."

"치밀하군."

"그래야 사냥에 성공하니까. 멍청이들은 칼만 들이대고 망치질만 하면 되는 줄 알거든. 그래서 김성곤이 내 손에 죽은 거지."

"사고사가 아니라 일부러 죽인 거군."

"물론이지. 그놈이 살아서 입을 나불대면 불편해지니까. 떨어지면서 그놈 목에 칼을 갖다댔어. 나머지는 중력이 알아서 해결해주더군."

조세준은 유명우 교수의 얼굴 표정을 흉내 내면서 대답했다.

"우리는 닮았으니까."

"천만에, 너랑 나는 달라."

손가락을 까닥거린 조세준이 혀를 찼다.

"아니지. 우린 닮았어. 그러니까 15년 동안 서로를 못 잊고 지낸 거 아닐까?"

잠시 생각하던 유명우 교수가 고개를 끄덕거렸다.

"15년 동안 못 잊고 지낸 거는 인정하지. 하지만 닮았다는 억지는 부리지 마. 나는 필요한 걸 얻기 위해 사람을 죽인 적은 없으니까."

"그럴 용기가 없었을 뿐이지. 안 그래?"

유명우 교수가 별다른 대답을 하지 않자 그는 한 발 앞으로 다가가며 덧붙였다.

"나를 경찰에 넘길 생각은 아니었잖아."

"맞아. 교도소에서 콩밥 먹고 편안하게 살게 해줄 생각은 없었어."

"다행이네. 나도 교도소에 갈 생각은 없으니까 말이야."

히죽 웃은 조세준이 바지 뒤춤에 숨겨둔 칼을 꺼냈다.

"원래 내가 선호하는 건 망치지만 그걸 들고 올 수가 없어서 말이야."

그가 다가오자 유명우 교수는 리모컨을 한 손에 든 채 말했다.

"15년 동안 너를 만나면 어떻게 싸울지 고민해봤어."

그가 버튼을 누르자 서점에 벽처럼 서 있던 서가들이 스르륵 움직이면서 앞을 막아버렸다.

"뭐 하는 짓이야?"

"이게 내가 싸우는 방식이지."

흐릿한 웃음을 남긴 유명우 교수가 카운터 아래에 있는 붉은색 버튼을 눌렀다. 그러자 카운터 아래 설치된 엘리베이터가 천천히 내려갔다. 그 사이, 서가들을 옆으로 밀어버린 조세준이 카운터로 다가갔다.

"씨발!"

카운터에서 그대로 엘리베이터가 내려간 공간을 바라보던 조세준이 외쳤다.

"장난하는 거야?"

그러자 아래쪽에서 유명우 교수의 목소리가 들려왔다.

"천만에, 너를 위한 놀이동산으로 꾸며놨어. 이게 15년 동안 내가 준비한 방식이야."

"이런다고 날 피할 수 있을 것 같아? 휠체어가 나보다 빠르리라 생각하면 오산이야!"

조세준은 뒷주머니에서 담뱃갑 모양의 휴대폰 통화 방해 장치를 꺼내서 흔들어 보였다.

"휴대폰은 아래층에서도 못 쓸 거야!"

"경찰에 신고할 생각은 없다고 했잖아. 대신 도망치면 경찰을 부를 거야."

칼을 입에 문 조세준은 아래쪽을 살펴보다가 마침내 몸을 날렸다. 가볍게 쿵하는 소리와 함께 바닥에 착지한 사냥꾼은 입에 물었던 칼을 손에 쥐며 주변을 살펴봤다. 밤이고 지하라서 그런지 지붕에 군데군데 켜진 조명을 제외하고는 몹시 어두웠다. 그리고 주변은 벽돌을 이리저리 구불구불하게 쌓아놓아 마치 미로처럼 만들어져 있었다. 손에 칼을 꽉 움켜쥔 조세준이 중얼거렸다.

"짜릿한데."

8

놀이동산

사냥을 할 때 가장 먼저 갖춰야 할 것은 침착함이다. 사냥감은 대개 필사적으로 도망치기 때문에 조금만 실수해도 놓칠 수 있다. 사냥감이 사람이라면 놓칠 경우 신고를 하기 때문에 더더군다나 조심해야만 한다. 지금 중요한 건 무엇보다 상황을 파악하는 것이었다.

'지하에 미로를 만들어놨단 말이지.'

칼을 잡지 않은 다른 손으로 바닥과 벽을 툭툭 쳐봤다. 바닥은 시멘트로 덮여 있고, 붉은색 벽돌은 거의 천장까지 쌓아올려 넘어가거나 넘어뜨리는 건 불가능했다. 침착하라고 속으로 중얼거렸지만 흥분을 참지 못한 그가 외쳤다.

"이런 걸로 날 막을 수 있을 것 같아?"

하지만 아무 대답도 들리지 않았다. 서점을 만들어서 자신을 유인할 것이라는 생각은 했지만 이렇게 지하에 공간을 만들어놓았을 줄이야 꿈에도 몰랐다. 하지만 조용히 처리하고 나가면

된다고 스스로를 다독거렸다.

'빌어먹을, 책을 좀 나중에 보여달라고 할걸.'

처음에는 오형식에 대한 조사를 하면서 친분을 쌓은 후에 책을 보여달라고 할 생각이었다. 하지만 서점 어딘가에 그 책이 있다고 생각한 순간, 마음이 다급해졌다. 거기까지 생각하자 유명우 교수의 또 다른 함정을 깨달았다.

'언젠가 책을 보여달라고 할 줄 알았군. 그래서 책을 불태웠고 말이야.'

생각보다 치밀하게 준비했다는 생각과 함께 발걸음을 뗐다. 'ㄱ'자로 구부러진 길을 돌아가는데 갑자기 앞으로 내민 왼쪽 발에서 엄청난 통증이 느껴졌다.

"아악!"

발을 떼어내자 바닥에 촘촘하게 박아놓은 못들이 보였다.

"망할!"

아마 바닥에 시멘트를 굳힐 때 박아놓은 것 같았다. 못이 신고 있던 운동화의 발등까지 뚫고 나오면서 온통 피범벅이 되었다. 예상치 못한 통증에 벽에 기댄 채 아픔을 참는 사냥꾼의 귀에 스피커에서 흘러나오는 것 같은 유명우 교수의 목소리가 들렸다.

"당황했어? 포기하고 싶으면 얘기해. 그럼 경찰에 신고해줄게. 적어도 살 수는 있잖아."

"염병할! 네 놈의 목을 따버리고 말겠어."

이를 너무 악물었는지 머리가 아파왔다. 급한 대로 뒷주머니에서 손수건을 꺼내 피가 나오는 왼쪽 발을 꽁꽁 싸맸다.

"이런 식으로 날 괴롭히려고 했군. 치사하게 말이야."

"네가 그런 말을 할 처지는 아니잖아. 말이 좋아 사냥꾼이지 자기보다 약한 희생자만 고르는 주제에. 자기가 무슨 사자나 호랑이라고 생각하는 모양인데 그냥 시체나 뜯어먹는 하이에나에 불과하잖아."

그 말을 듣고 사냥꾼은 이를 악물었다. 저 입을 틀어막기 위해서라도 이 미로 같은 공간을 빠져나가야만 했다. 사냥꾼은 바닥을 살펴보면서 조심스럽게 소리가 나는 쪽으로 향했다. 얼마 안 가서 또 바닥에 꽂아놓은 못들이 보였다. 씩 웃은 사냥꾼은 옆으로 돌아서 피해갔다. 그때 뭔가 틱 하는 소리가 들렸다. 불길하다는 느낌이 드는 순간, 어둠 속을 가르면서 뭔가가 날아왔다. 머리를 숙여 피하려고 했지만 한발 늦고 말았다. 광대뼈에 엄청난 충격을 받고는 그대로 주저앉았다.

"으윽!"

바닥에 주저앉은 채 엄습해오는 통증을 견딘 사냥꾼은 허벅지 부근에 걸려 있는 가느다란 선과 정확하게 얼굴 높이에 세팅된 나무망치를 봤다. 벽 뒤에 감춰져 있다가 스프링 장치에 의해 튕겨 나오도록 설치된 것 같았다.

"젠장, 선을 건드려서 나무망치가 튀어나온 거군."

손으로 광대 쪽을 만지자 엄청나게 부어오른 게 느껴졌다.

"아까는 못이고, 이번에는 망치야?"

그러면서 머리를 잘 썼다는 생각을 했다. 못을 박아놓고 아래쪽을 쳐다보게 하다가 갑자기 머리 쪽을 공격하는 장치를 세팅했기 때문이다. 동시에 의문도 들었다.

'쇠망치를 달아놨으면 충분히 죽일 수 있었을 텐데?'

의문은 곧 분노로 변했다. 자신을 조롱하고 있다는 걸 깨달은 사냥꾼은 기운을 내서 몸을 일으켰다. 상처 입은 발을 질질 끌면서 벽에 바짝 붙어서 조심스럽게 미로를 헤쳐 나가는데 갑자기 리드미컬한 재즈가 흘러나왔다. 잠깐 멈춰 선 사냥꾼은 코웃음을 쳤다.

"그래, 나를 사냥하겠다 이거지? 생각했던 것보다 배짱이 두둑한데."

칼을 더욱 단단히 움켜쥔 사냥꾼은 주변을 살피면서 움직였다. 광대 쪽이 부어오르면서 한쪽 눈까지 잘 안 보였지만 여기서 멈출 수는 없었다. 하지만 어둡고 벽이 사방을 막고 있어서 방향을 찾을 수 없었다.

'젠장, 앞으로 가는 것 같은데……'

예상치 못한 상황이 겹치면서 난생 처음 두려움이 생겼다.

'섣불리 뛰어내리는 게 아니었어.'

귀를 미치게 하는 재즈 음악 속에서 사냥꾼은 점점 더 초조해졌다. 서둘러서 그놈을 잡아 입을 다물게 만들어야 했다.

'나머지는 그 다음에 생각하자고.'

눈을 부릅뜬 채 한 걸음 한 걸음 조심스럽게 움직였다. 그러자 바닥에 촘촘하게 박혀 있는 못들과 눈에 안 보일 정도로 가느다란 선들이 장치되어 있는 게 보이기 시작했다. 못이 있는 바닥을 피하고 선들을 끊으면서 앞으로 전진했다. 왔던 곳을 표시하기 위해 칼로 벽에 금을 그어놓은 것도 잊지 않았다. 기운을 차린 그가 외쳤다.

"이딴 걸로 날 막을 수 있을 거라고 생각한 거야?"

대답은 바로 들렸다.

"물론 아니지. 그리고 그게 전부도 아니고 말이야."

스피커에서 들리는 것 같은 그의 말이 끝나기가 무섭게 바닥이 푹 내려앉았다.

"어!"

무릎 정도까지 빠지는 깊이였는데 바닥에 동물을 잡는 덫이 놓여 있었다. 철컹하는 소리와 함께 덫이 발목을 파고들었다.

"으아악!"

아까 못이 발을 관통했을 때와는 비교할 수 없는 고통이 밀려왔다. 그가 고통스럽게 울부짖자 유명우 교수의 목소리가 스피커에서 흘러나왔다.

"고통스러워? 살려달라고 말하면 살 수 있을지도 몰라."

"엿이나 먹어!"

심호흡을 하면서 고통을 잊어버린 사냥꾼은 가지고 있던 칼로 발목을 조인 덫을 천천히 밀어냈다. 이빨처럼 조였던 덫이 서서히 밀려지자 아까는 느끼지 못했던 고통이 두 배 세 배로 커지면서 찾아왔다. 약한 모습을 보여주기 싫어서 이가 부러질 정도로 악물며 터져 나오는 비명을 삼켰다. 덫에서 겨우 빠져나온 사냥꾼은 벽에 기댄 채 그대로 주저앉았다. 발목과 정강이 사이에 난 상처에서 지혈 따위는 엄두도 내지 못할 만큼 엄청난 양의 피가 흘러나오는 중이었다.

"빌어먹을!"

그대로 앉아 있을 수는 없기에 벽을 짚고 일어났다.

'어떻게든 움직여야 해. 그래서 놈을 잡고 이걸 끝내는 거야.'

아무리 미로처럼 꾸며놓고 온갖 장치를 해놨다고 해도 결국은 건물 지하 크기에 불과했다. 사냥꾼은 아예 벽을 등진 채 한 걸음 옮길 때마다 주변을 살폈다. 발밑은 물론 모서리와 위쪽까지 꼼꼼히 돌아봤다. 그러다가 꺾어지는 모서리 부분에 뭔가 튀어나와 있는 걸 발견했다.

'아예 벽에 붙어서 움직일 줄 알고 이렇게 세팅했군.'

몸을 최대한 낮춘 채 칼 끝으로 튀어나온 걸 살짝 눌렀다. 그러자 바로 앞쪽 벽에서 빠지직거리며 전기 스파크가 튀었다.

"뭐, 뭐야?"

몸을 낮춘 채 가까이 가서 살펴보자 벽에 살짝 튀어나와 있는 돌기 같은 게 보였다. 아무것도 모르고 갔다가는 전기 충격을 받았을 수도 있었다. 아까 봤던 스파크를 보면 심장마비가 올 것 같았다. 한숨 돌린 사냥꾼에게 유명우 교수의 목소리가 들렸다.

"사냥을 하다가 직접 사냥을 당하는 기분이 어때?"

"나쁘지 않네."

"잔뜩 준비했으니까 기대하라고."

귀에 거스르는 재즈 음악 사이로 들리는 그의 웃음소리에 분노가 솟구친 사냥꾼이 외쳤다.

"만나면 그 입부터 찢어주마."

억지로 몸을 일으키는데 어지러움과 함께 몸이 휘청거렸다. 출혈이 심할 때 생기는 증상이라는 걸 알고 있던 사냥꾼은 시간이 얼마 없다는 사실을 깨달았다. 구멍이 난 발등은 손수건으로 묶어놓아 그나마 피가 덜 나왔지만 덫에 물렸던 발목은 그 아래쪽 바지가 완전히 붉어질 정도로 피가 흐르는 중이었다. 그 때문인지 심장이 더욱 거세게 요동쳤다. 먹잇감을 발견하거나 오래된 고서적을 손에 넣었을 때의 두근거림을 느낀 사냥꾼은 피식 웃었다.

'그래, 이것도 나쁘지 않지.'

몸을 바짝 숙인 사냥꾼은 한 방향으로만 가기로 하고 발걸음을 옮겼다. 가다가 가느다란 선이 또다시 나오자 걸음을 멈췄다. 먼저 바닥을 눌러서 함정인지 아닌지 확인해보고 엎드린 채 다가가서 칼로 줄을 끊었다. 그러자 위쪽에서 쏴아 하는 소리와 함께 불길이 쏟아졌다.

'까딱했다가는 얼굴이 타버릴 뻔했군.'

이런 식으로 하면 될 거라는 생각에 희미하게 웃은 사냥꾼은 조심스럽게 앞으로 나아갔다. 그러다가 건물 모서리로 추정되는 곳에 도착했다. 희미한 조명에 의지해서 손으로 벽을 더듬어봤지만 나갈 수 있는 문 같은 건 없었다. 사냥꾼은 일단 벽을 따라 움직이기로 하고 미로 속으로 발걸음을 내디뎠다. 몇 개의 함정들이 더 있었지만 이제는 좀 더 쉽게 피할 수 있었다. 발목의 통증도 가시면서 사냥꾼은 차츰 희망을 찾았다.

'얘들 장난 수준인데 내가 너무 겁을 먹었던 거야.'

그 생각을 하는 순간, 발밑에서 딸깍거리는 소리가 났다. 뭔가를 밟았고, 그게 어떤 함정을 작동시킨 것 같다고 깨닫는 순간, 사냥꾼은 몸을 웅크렸다. 바로 그때, 어둠에 감춰져 있던 천장에서 뭔가가 떨어져 사냥꾼을 덮쳤다.

"으아악!"

놀란 사냥꾼은 두 팔로 머리를 감쌌다. 위에서 떨어진 것은 가시철망으로 된 그물이라는 걸 몸부림을 치면서 깨달았다.

"뭐야! 이건!"

몸부림을 칠수록 팔과 머리에 상처가 생겼다. 네 귀퉁이에
무거운 추를 달아놔서 쉽사리 벗겨낼 수도 없었다.

"젠장!"

겨우 정신을 차린 사냥꾼은 몸부림치던 것을 멈췄다. 그리고
조심스럽게 팔을 들어서 그물처럼 씌워진 가시철망을 벗겨냈
다. 그 와중에 등과 어깨에 무수히 많은 상처들이 생겨났다. 벽
에 기댄 채 고통을 참고 있는데 몸에 난 상처에서 피가 비처럼
우두둑 떨어졌다. 잠시 방심하고 있던 찰나에 당한 것이라 고
통과 심적 타격은 이루 말할 수 없을 정도로 컸다. 짜증이 잔뜩
난 사냥꾼은 피가 흘러내리는 이마를 손등으로 닦으면서 중얼
거렸다.

"저놈을 어떻게 죽일까?"

유명우 교수에게 고통을 주는 상상을 하며 지금의 고통을 어
떻게든 잊어보려고 노력했다. 하지만 피가 눈에 들어가서 앞을
제대로 볼 수가 없었고, 결국 움직이다가 아까보다 큰 나무망
치가 튀어나오는 걸 피하지 못했다.

"우욱!"

아랫배가 찢어질 것 같은 통증에 정신을 못 차리고 휘청거
리던 사냥꾼은 무심코 벽을 짚었다가 칼날 같은 게 튀어나오는
걸 느꼈다. 황급히 손을 뗐지만 손바닥이 갈라지고 말았다. 손

바닥에 비스듬하게 난 상처에서 피가 흘러나오는 걸 보고 사냥꾼은 이를 악물었다.

"단단히 준비했군."

예상 밖의 미로와 함정에 상처투성이가 된 사냥꾼은 온몸에 쏟아지는 통증을 견뎌내며 한 걸음씩 앞으로 나아갔다. 이제 유명우 교수를 잡아서 어떻게 해치우고, 어떤 방식으로 빠져나가서 숨을지에 대한 생각도 까맣게 잊어버렸다. 오직 여기서 빠져나가야겠다는 생각, 그리고 유명우 교수를 죽여버리겠다는 일념만 남았다. 허리를 굽힌 채 한 손으로 벽을 짚어가며 한 걸음씩 앞으로 걸어가던 사냥꾼의 눈에, 휠체어에 앉은 유명우 교수의 모습이 보였다. 너무나 비현실적인 모습이라 사냥꾼은 고개를 옆으로 기울였다.

"이제야 만났군."

"내 놀이동산이 마음에 드나?"

"꽤 꼼꼼하게 준비하셨더군."

몸을 천천히 일으킨 사냥꾼이 주변을 돌아봤다. 유명우 교수가 있는 곳까지는 직선으로 통로가 뻗어 있었다. 함정이 있을 것 같아서 꼼꼼하게 살펴봤지만 이상한 흔적은 보이지 않았다. 유명우 교수가 흡족한 표정으로 대답했다.

"돈이랑 시간이 꽤 들긴 했어. 처음에는 너를 어떻게 찾을까만 고민하다가, 나중에 너를 만나면 어떻게 처리할지도 생각했지. 그냥 죽이는 건 싫었어. 너에게 내가 겪은 고통의 백 분의 일이라도 느끼게 해주고 싶었으니까."

"이런다고 나를 굴복시킬 수 있을 것 같아?"

"저런, 지금 네 모습을 보면 궁지에 몰린 짐승 같아. 고통을 느껴보니까 어때?"

"견딜 만해. 이런 건 나한테 아무것도 아니니까 말이야."

"다행이군."

"뭐가?"

"힘들다고 그만하겠다고 할까 봐. 그럼 고통도 끝이니까 말이야."

사냥꾼은 유명우 교수와 얘기를 주고받으면서 복도를 살폈다. 이상한 흔적은 없었다. 유명우 교수 뒤쪽에 문이 있는 것처럼 보였다. 아마 문 뒤로 빠져나갈 생각 같았다. 사냥꾼은 말을 계속 걸면서 기회를 노려보기로 했다.

"나는 평생 고통 속에서 살아왔어. 이 정도는 고통이라 할 수도 없지."

"남에게 고통을 준 게 아니라?"

"내가 당연히 누려야 할 것, 가져야 할 것을 빼앗겼으니까."

사냥꾼의 감정 섞인 얘기를 들은 유명우 교수가 혀를 찼다.

"저런, 완전 내로남불이군."

"뭐라고?"

"사람들은 살면서 무수히 많은 손해를 봐. 하지만 그런다고 다 너처럼 죽이지는 않아. 왜냐하면……."

사냥꾼이 한 걸음 다가가며 물었다.

"왜?"

"타인의 고통을 이해하니까. 너랑은 다르게 말이야."

유명우 교수는 얘기에 열중하느라 자신이 다가가고 있다는 걸 눈치채지 못한 것 같았다. 사냥꾼은 속으로 웃음을 지었다.

"힘이 없으니까 그렇지. 자기 것을 빼앗기고도 아무 소리도 못 하는 건 바보 같은 짓이야. 왜 빼앗기고 살아?"

"인생은 뺏고 뺏기는 게 아니니까."

대답을 하면서 울컥해진 유명우 교수를 보면서 사냥꾼은 칼을 거꾸로 잡고 손 뒤로 숨겼다. 벽에 의지한 채 조금씩 앞으로 다가가며 사냥꾼이 말했다.

"네 마누라랑 딸내미가 어떻게 죽었는지 궁금하지?"

유명우 교수가 움찔하자 사냥꾼이 피 묻은 이빨을 드러내며 웃었다.

"남편을 원망하더군. 그냥 가자고 했다면서 말이야. 딸내미는 자기 엄마가 죽는데도 도와주거나 도망칠 생각도 못 하고 뒷자리에서 돼지처럼 울었고 말이야."

유명우 교수가 이를 악물고 고통을 참는 게 보였다. 의도대로 흘러간다고 느낀 사냥꾼은 키득거렸다.

"네 마누라 말이야, 죽어가면서 네 욕을 얼마나 했는지 알고는 있나?"

"천만에, 아내는 그럴 사람이 아니야."

"저런, 안타깝군."

이제 거리는 충분히 좁혀졌다. 칼을 던져서 제압한 후에 접근하면 될 거라고 판단한 사냥꾼은 손짓을 하는 척하면서 거꾸로 잡은 칼을 날렸다. 그리고 남은 힘을 쥐어짜서 뛰어갔다. 하지만 날아간 칼은 중간에 보이지 않는 벽 같은 것에 맞고 튕겨 나왔다. 어리둥절하던 그 역시 뭔가에 부딪혀서 주저앉고 말았다.

"윽."

코피가 주르륵 흐르는 가운데 손을 뻗자 유리가 앞을 가로막고 있는 게 만져졌다. 그 모습을 본 유명우 교수가 혀를 찼다.

"아프지? 수족관에서 쓰는 유리라 투명하고 단단해."

역시 믿는 구석이 있었던 거라고 생각한 사냥꾼은 허탈한 웃음을 지으며 유리를 손으로 집었다. 손에 묻은 피가 그대로 유리에 묻으면서 손자국이 남았다. 유명우 교수의 말대로 엄청 두꺼워서 주먹이나 칼로는 깰 엄두도 낼 수 없었다. 그때 바로 뒤에서 또 다른 유리가 내려오면서 앞뒤를 막아버렸다. 양옆은 벽이라서 사실상 갇혀버린 셈이었다. 그제야 왜 유명우 교수가 모습을 드러냈고, 자신이 다가가는데도 꼼짝하지 않았는지 깨달았다.

"자기를 미끼삼아서 날 유인했군."

"그러지 않으면 안 잡혔을 테니까."

"꿈꿔왔던 순간이었겠군."

비아냥거리는 사냥꾼의 말에 유명우 교수가 어깨를 으쓱거리며 위를 올려다봤다.

"아직은."

유명우 교수의 시선을 따라, 사냥꾼 역시 자연스럽게 위를 쳐다봤다.

"뭐야?"

호텔에서 볼 수 있는 커다란 해바라기 샤워기가 보였다. 그곳에서 물이 한 방울 떨어져서 어깨에 닿았는데 칙 하는 소리와 함께 살이 타는 냄새가 났다. 예상 밖의 통증과 고통에 놀란 사냥꾼은 위쪽을 올려다봤다.

"물이 아니잖아."

"염산이야. 살이랑 뼈도 녹일 수 있는."

"뭐라고?"

"아! 농도가 높은 건 아니야. 그러면 유리랑 바닥까지 녹거든. 그냥 네 살이랑 뼈만 살짝 녹일 거야."

놀란 사냥꾼은 해바라기 샤워기에서 떨어지는 염산을 피하려고 했지만 소용이 없었다. 갇혀 있는 곳이 워낙 좁았기 때문이다. 떨어지는 염산의 양이 점점 많아지면서 옷이 타들어가고 살이 녹았다. 난생 처음 느끼는 고통에 사냥꾼은 어쩔 줄 몰랐다. 절망적인 표정으로 염산이 떨어지는 해바라기 샤워기를 올려다보던 그의 귀에 유명우 교수의 목소리가 들렸다.

"이제 네가 죽인 사람들 심정이 이해되나? 죽기 전에 기억하라고."

"씨발, 난 이렇게 죽기 싫어! 경찰 불러줘! 다 자백할게!"

사냥꾼은 유리벽에 매달려서 애원했다. 유명우 교수가 무표정하게 바라보자 그가 발악했다.

"이렇게 죽고 싶지는 않다고!"

"너는 죽지 않을 거야."

"무슨 소리야?"

"잊혀질 거야. 아래쪽에 배수구 보여?"

발아래를 내려다보자 둥근 배수구들이 여러 개 보였다.

"아, 아까는 없었는데?"

"당연하지. 유리벽이 내려오면서 열리게 만들었어. 너는 거기로 흘러내려갈 거야."

"마, 말도 안 돼!"

"혹시 몰라서 염산을 2톤쯤 준비했어. 농도가 진한 건 아니라서 시간이 좀 걸리겠지만 내일 아침이면 뼈까지 모두 녹을 거야."

무시무시한 말을 들은 사냥꾼은 두려움에 고통도 잊은 채 온 몸을 부르르 떨었다. 휠체어를 끌고 가까이 다가온 유명우 교수가 유리벽에 손을 갔다댔다.

"아직 남았어. 너를 위한 선물을 준비했는데 말이야."

유명우 교수가 휠체어 아래쪽에 손을 넣어서 꺼낸 것을 본 사냥꾼은 저도 모르게 중얼거렸다.

"《잃어진 진주》!"

"아까 금고 안에 있던 잿더미는 다른 책을 태운 거였어. 혹여 네가 사냥꾼이 아닐 수도 있으니까. 그런데 보자마자 반응을 보이더군."

유명우 교수가 책을 흔들면서 말했다.

"이게 가지고 싶어서 날 찾아왔지? 응?"

사냥꾼은 피범벅이 된 손을 뻗었다. 두꺼운 유리벽에 막혀서 만질 수는 없지만 가까이서 보는 것만으로도 행복했다.

"그건 내 거야. 내 거라고."

사냥꾼이 중얼거리는 소리를 듣던 유명우 교수가 갑자기 휠체어를 뒤로 밀더니 책을 바닥에 던졌다. 그러고는 지포라이터를 꺼내 들었다. 그걸 본 사냥꾼이 광분했다.

"무슨 짓이야!"

"마지막 선물이야. 지옥에 갈 때 같이 가져가라고."

건조한 목소리로 얘기한 유명우 교수가 땅에 떨어진 《잃어진 진주》 위로 지포라이터를 던졌다. 미리 기름에 적셨는지 책은 순식간에 불탔다.

"안 돼! 불을 꺼! 불을 끄란 말이야!"

사냥꾼은 눈앞에서 불에 타 사라져버리는 책을 바라보며 흐느껴 울었다. 그 모습을 내려다보던 유명우 교수가 차분한 목소리로 말했다.

"지옥의 제일 밑바닥으로 가라. 다시는 인간으로 돌아오지 말고."

흐느껴 울던 사냥꾼은 몸을 돌려서 바닥에 누웠다. 머리 위로 해바라기 샤워기가 보였다. 잠시 후, 샤워기에서는 염산이 쏟아지고 있었다. 사냥꾼은 자신의 온몸이 녹아 배수구로 흘러 들어가는 동안 《잃어진 진주》에 수록된 김소월의 〈금잔디〉를 읊었다.

잔디. 잔디. 금잔디.

심심산천에 붙는 불은
가신 님 무덤가에 금잔디.

봄이 왔네. 봄빛이 왔네.
버드나무 끝에도 실가지에.

봄빛이 왔네. 봄날이 왔네.

심심산천에도 금잔디에.

9

종말과
시작

딸랑거리는 종소리와 함께 문이 열리자, 커플에게 한창 책을 소개하던 유명우 교수가 말했다.

"잠깐 실례하겠습니다. 천천히 책 구경 하십시오."

문을 열고 들어온 두 남자는 똑같이 생긴 선글라스를 벗었다. 유명우 교수는 안면이 있는 강민규에게 말을 건넸다.

"같이 오신 분은 동료입니까?"

강민규가 눈짓을 하자 다른 한 명이 다가와서 손을 내밀었다.

"만나서 반갑습니다. 통일 탐정 사무소에서 일하는 오재민이라고 합니다."

"이 친구가 많이 도와줬습니다."

"그러셨군요. 수고 많으셨습니다."

"일이 재미있더군요."

오재민의 얘기를 들은 유명우 교수는 말없이 고개를 끄

덕거렸다. 옆에 있던 강민규가 책을 보며 얘기를 나누던 커플들을 슬쩍 바라보며 입을 열었다.

"경찰 쪽은 잠잠합니다."

"처리는 확실히 해주셨지요?"

"집에 가서 잠적한 것처럼 흔적을 남겨놨습니다. 경찰이 보면 도망친 걸로 생각할 겁니다. 그나저나 비용은 어떻게 처리하실 겁니까? 계좌에서 꽤 많은 돈이 빠져나간 걸로 아는데요."

"보이스 피싱을 당했다고 얘기할 생각입니다."

"그걸로 설명이 되겠습니까?"

"교수로 있으면서 학생 가르치는 일과 방송 일만 하다 보니 세상물정에 어두웠다고 하면 뭐라고 못 할 겁니다. 전화가 온 곳은 중국이고, 송금도 그쪽으로 한 것으로 처리했으니까 절대 눈치채지 못할 겁니다."

쓴웃음을 지으며 얘기한 유명우 교수는 바닥을 내려다봤다. 자신을 사냥꾼이라고 칭했던 살인마는 지하에서 염산에 녹아 배수구를 타고 바다로 흘러갔을 것이다.

"시신이 없으면 살인도 없다. 사냥꾼은 자신의 방식대로 사라졌군요."

유명우 교수의 말에 듣고 있던 강민규가 대답했다.

"자업자득인 셈이죠."

고개를 끄덕거린 유명우 교수가 입을 열었다.

"자기가 사냥꾼이면서 사냥꾼을 찾겠다고 설치다니, 이해가 잘 안 됩니다."

"그런 과정을 통해서 교수님과 가까워지려고 했던 것 같습니다. 의심도 벗고 신임도 얻으려는 속셈이었겠죠."

"그러면서 자기 것이라고 생각한 책을 손에 넣으려고 했군요."

"사냥꾼인 인격과 조세준인 인격을 모두 가진 이중인격이었을지도 모릅니다."

"그래서 사냥꾼을 열심히 찾아다녔던 걸까요?"

강민규는 유명우 교수의 물음에 옆에 있던 동료를 잠깐 바라봤다가 대답했다.

"범죄자들의 심리는 딱 잘라 말하기 애매한 부분이 많습니다. 이 친구랑 같이 해결했던 사건에서도 범인은 가장 열성적으로 증언했던 여성이었죠. 그리고 제가 헌병 시절에 겪었던 총격 사건도……."

감정이 북받쳐 오르는지 잠시 말을 못 잇던 강민규가 덧붙였다.

"피해자 중 한 명이자 가장 핵심적인 증언을 했던 사람이 배후이기도 했고요. 어쨌든 범인을 찾는다고 스스로 위험을 자처하는 행동을 했을 때 확신했습니다. 그자가 진짜 사냥꾼이라는 사실을 말이죠."

"절대 정체를 드러내지 않을 거라고 생각했습니다만, 제가 사냥꾼을 잘못 생각했던 모양입니다."

"제 생각에는 바꿔치기를 시도한 것 같아요."

"자기 대신 다른 사람을 사냥꾼으로 둔갑시키려고 했단 말인가요?"

유명우 교수의 물음에 강민규가 고개를 끄덕거렸다.

"제2의 삶을 살려고 했는지, 아니면 교수님을 완벽하게 속여서 방심하게 만든 다음에 공격하려고 했는지는 모르겠지만요. 처음에는 오형식을 사냥꾼으로 만들려고 했다가 그가 사이비 종교에 빠져들었다는 걸 알고는 김성곤으로 방향을 튼 것 같습니다."

설명을 들은 유명우 교수가 물었다.

"조세준, 아니, 사냥꾼은 실제로 살인을 저질렀습니까?"

"아지트에 비밀의 방을 하나 감춰놨더군요. 쇠사슬과 바닥을 고정시킨 의자가 있었습니다. 시신의 흔적은 발견하지 못했지만 루미놀 반응이 엄청 나왔습니다."

강민규의 대답을 들은 오재민이 거들었다.

"밤하늘의 별보다도 더 반짝거리더군요. 얼마나 죽였는지는 모르겠지만 지난 15년 동안 살인을 계속해온 건 확실합니다."

"그러니까 조세준은 다른 사람을 사냥꾼으로 둔갑시키려고 했군요."

유명우 교수의 말에, 오재민이 덧붙여 말했다.

"나름 완벽한 시나리오라고 생각했을 겁니다. 같은 연쇄 살인마인 김성곤을 사냥꾼이라고 착각하게 만든 다음 자기는 빠져나가려고 한 겁니다."

동료의 얘기에 강민규가 고개를 끄덕거렸다.

"하지만 너무 평온했어요. 사람을 죽이는 건 어떤 상황에서든 쉽게 넘어갈 수 있는 일이 아닌데 말이죠."

"자신이 완벽했다고 생각했으니까요. 그래서 제가 만든 놀이공원에 아무 의심 없이 들어온 거 아니겠습니까? 어쨌든 두 분의 예측대로 되었군요."

유명우 교수의 칭찬에 두 사람은 가볍게 웃었다. 강민규가 물었다.

"그런데 우릴 부른 이유가 뭡니까?"

"오형식과 김새벽 때문입니다. 오형식은 원래대로라면 경찰 조사를 받아야 하는데 피해자인 조세준이 사라진 상태잖아요."

"흐지부지되겠군요."

"사냥꾼이 조사한 것이긴 하지만 문제가 있는 것 같습니다. 오형식과 아이를 분리시켜야 할 거 같은데 말이죠."

유명우 교수의 말에 강민규가 말했다.

"가정 폭력 문제가 있다는 걸 경찰 쪽에 슬쩍 흘리겠습니다. 요즘 그쪽으로 민감한 상태라 금방 조치할 겁니다. 김새벽은 어떤 문제입니까?"

"조세준이 그의 반지하 방을 촬영하다가 저를 스토킹하고 있다는 사실을 알아냈습니다. 사실 그건 상관이 없는데 사진에 그가 보고 있는 모니터 화면이 잡혔습니다."

유명우 교수가 휴대폰을 꺼내서 사진 한 장을 보여줬다. 고개를 기울여서 사진을 확인한 강민규가 나지막하게 욕설을 내뱉었다.

"미친놈."

"아무래도 다크 웹을 애용하는 모양입니다. 적절한 조치가 필요해 보입니다."

"어린 여자를 좋아하는 것 같군요. '마녀들의 장의사'라고 이런 문제를 다루는 해커들이 있습니다. 하드에 증거만 남아 있으면 꽤 오랫동안 감옥에 가둘 수 있을 겁니다."

"이쪽도 사냥꾼으로 꾸미려고 했던 것 같습니다. 사실 가장 의심스러웠고 말이죠. 그러다가 자기와 완전 비슷한 김성곤을 보고는 계획을 변경한 것으로 보입니다."

유명우 교수의 말에 강민규가 얼굴을 찡그렸다.

"세상은 넓고 미친놈은 많으니까요."

"두 건 다 조용히 처리해주십시오. 그리고 오늘 부른 진짜 이유는 저 커플 때문입니다."

두 사람 다 책을 보는 커플 쪽은 쳐다보지 않고 유명우 교수를 바라봤다.

"지난번에 왔던 커플인데 남자 쪽에서 여자에게 데이트 폭력을 가하는 모양입니다."

"아까 봤는데 멀쩡해 보이던데요?"

"여자분 눈에 화장이 과하죠? 가까이서 보니까 피멍이 든 것 같았습니다. 거기다 남자가 뭐라고 말할 때마다 흠칫 놀라면서 겁에 질린 표정을 짓고 있어요."

"그래서 우릴 부르신 겁니까?"

강민규의 물음에 고개를 슬쩍 빼서 서가에 있는 책을 바라보는 커플 모습을 물끄러미 바라보던 유명우 교수가 고개를 끄덕거렸다.

"그렇습니다. 아무래도 나서야 할 것 같아서 연락드렸습니다."

"일단 며칠 지켜봐야겠군요. 증거를 찾은 다음에 움직이겠습니다."

"조사비는 곧 넣어드리겠습니다."

"너무 무리하시는 거 아닙니까? 요즘 서점 장사가 안 된다고 다들 아우성이던데요."

"이곳은 돈을 버는 게 아니라 기억하기 위해 존재하는 곳이니까요."

손가락으로 머리를 톡톡 두드린 유명우 교수가 커플을 다시 바라보며 덧붙였다.

"상처받고 고통받는 사람들을 말이죠."

"알겠습니다. 우리야 일거리가 많으면 좋죠."

강민규의 말에 오재민이 무거운 웃음으로 대답했다. 그걸 본 유명우 교수는 문득 궁금해졌다.

"이분도 당신처럼 헌병 출신입니까?"

질문을 받은 강민규는 오재민을 슬쩍 쳐다봤다. 그러자 어깨를 으쓱거린 오재민이 대답했다.

"군인 출신이긴 합니다. 지금은 호위사령부라고 부르는 호위총국 반탐과 소속이었죠."

예상 밖의 대답을 들은 유명우 교수가 어리둥절해하자, 그 모습을 본 강민규와 오재민이 껄껄거렸다. 웃음소리를 들은 커플이 세 사람을 돌아봤다.

〈끝〉

어느 날, 문득 세어보았습니다. 제가 얼마나 많은 책을 썼는지 말이죠. 앤솔로지에 단편으로 참여한 것까지 포함해서 대략 130여 종의 책을 썼습니다. 종이책뿐만 아니라 웹소설도 쓰고 있으며, 웹툰에도 참여했고, 영화와 드라마 대본이나 기획 작업도 했거나 하는 중입니다. 저도 헷갈릴 정도로 수없이 많은 글을 쓰지만 저의 정체성은 추리소설가입니다. 추리소설은 저에게 있어서 문학의 고향이라고 할 수 있죠. 어릴 때 추리소설을 읽고 자랐고, 우연찮은 기회에 글을 쓰기로 했을 때 아무 고민 없이 추리소설을 써야겠다고 마음먹었습니다. 실제로 저의 첫 번째 소설은 팩션, 그러니까 역사-추리소설이었습니다.

《기억 서점》은 저의 정체성을 찾기 위해 오랫동안 준비해온 작품입니다. 보통 사람들이 생각하는 책과 살인은 거리감이 아주 멉니다. 하지만 외국의 어느 연쇄살인범이 고서적을 모으는 취미가 있었다는 얘기를 듣는 순간, 그 두 개를 연결시켜볼 생각을 했습니다. 그리고 노명우 교수가 문을 연 '니은서점'을 보면서 그 이야기를 구체화할 수 있게 되었죠. 실제 '니은서점'의 지하에는 소설에서와 같은 장소가 없으니까 안심하시고 방문하셔도 됩니다.

   살인의 가장 큰 아픔은 (희생자의 가족과 지인에게) 준비하지 못한 이별이라는 것입니다. 지켜주지 못했다는 죄책감과 함께 기억의 무게감에 짓눌려버리는 것이죠. 기억 서점의 주인 유명우 교수는 자신만의 방식으로 그 무거운 기억을 덜어버리려고 합니다. 우리 주변에는 여러 가지 이유로 상처받고 고통받는 사람들이 있습니다. 《기억 서점》이 그들의 아픔과 함께했으면 합니다.

                                                    정명섭

기억 서점

초판 1쇄 발행일 2021년 10월 8일
초판 5쇄 발행일 2024년 6월 28일

지은이 정명섭

발행인 조윤성

편집 김지연 **디자인** 박지은 **마케팅** 서승아
발행처 ㈜SIGONGSA **주소** 서울시 성동구 광나루로 172 린하우스 4층(우편번호 04791)
대표전화 02 - 3486 - 6877 **팩스(주문)** 02 - 585 - 1755
홈페이지 www.sigongsa.com / www.sigongjunior.com

글 ⓒ 정명섭, 2021

이 책의 출판권은 ㈜SIGONGSA에 있습니다. 저작권법에 의해
한국 내에서 보호받는 저작물이므로 무단 전재와 무단 복제를 금합니다.

ISBN 979-11-6579-710-2 03810

*SIGONGSA는 시공간을 넘는 무한한 콘텐츠 세상을 만듭니다.
*SIGONGSA는 더 나은 내일을 함께 만들 여러분의 소중한 의견을 기다립니다.
*잘못 만들어진 책은 구입하신 곳에서 바꾸어 드립니다.

WEPUB 원스톱 출판 투고 플랫폼 '위펍' _wepub.kr
위펍은 다양한 콘텐츠 발굴과 확장의 기회를 높여주는
SIGONGSA의 출판IP 투고·매칭 플랫폼입니다.